Paru dans Le Livre de Poche :

LES CHÂTIMENTS

CLAUDE GUEUX

LES CONTEMPLATIONS

LE DERNIER JOUR D'UN CONDAMNÉ

ÉCRITS POLITIQUES

HERNANI

L'HOMME QUI RIT

LA LÉGENDE DES SIÈCLES

LÉGENDE DU BEAU PÉCOPIN ET DE LA BELLE BAULDOUR

LES MISÉRABLES

NOTRE-DAME DE PARIS

ŒUVRES POÉTIQUES (anthologie)

LES ORIENTALES / LES FEUILLES D'AUTOMNE

QUATREVINGT-TREIZE

RUY BLAS

LES TRAVAILLEURS DE LA MER

MANGERONT-ILS ?

VICTOR HUGO

Mangeront-ils ?

ÉDITION PRÉSENTÉE ET ANNOTÉE
PAR FLORENCE NAUGRETTE ET JEAN MAURICE

LE LIVRE DE POCHE

Cet ouvrage a été publié sous la direction de
Michel Zink et Michel Jarrety.

Professeur de littérature française du XIXe siècle à l'Université de Rouen, Florence Naugrette a consacré de nombreux travaux à Hugo et au théâtre. Elle a notamment fait paraître *Le Théâtre romantique* au Seuil en 2001. Également professeur à l'Université de Rouen, Jean Maurice, médiéviste, est notamment l'auteur d'études sur *La Chanson de Roland* et *La Mort le roi Artu* (PUF, 1992 et 1995).

Présentation

À l'honneur l'année du bicentenaire de la naissance de Hugo grâce aux deux belles mises en scène de Julien Téphany et de Benno Besson, parfois considérée comme la plus belle pièce de son auteur, *Mangeront-ils ?* demeure pourtant assez méconnue du grand public.

Restée pendant près de vingt ans enfouie dans les cartons de Hugo, la pièce n'est publiée qu'après sa mort, dans le volume du *Théâtre en liberté*, en 1886[1]. Auparavant, seuls quelques-uns de ses proches ont eu le privilège de la découvrir. Parmi eux, Juliette Drouet, qui, le lendemain d'une lecture privée qu'en avait faite l'auteur, lui écrit toute son admiration pour « cette triomphante pièce que tu appelles comédie et pour laquelle il faudrait trouver une rubrique nouvelle pour la distinguer de tout ce qui a été fait jusqu'à présent pour la scène[2] ». Cette réaction à chaud d'une des

---

1. Elle est créée en Belgique, au Théâtre royal du parc de Bruxelles, en 1907. Sur l'histoire de sa mise en scène, voir l'introduction de l'édition critique de René Journet et Guy Robert, et l'article « Des *Burgraves* au *Théâtre en liberté* », de F. Naugrette et A. Laster, dans le catalogue de l'exposition *Voir des étoiles. Le théâtre de Hugo mis en scène.* **2.** Lettre du 25 février 1867.

premières auditrices est très pertinente : qu'est-ce que cette comédie où l'on meurt, que cette intrigue située dans un passé flou aux contours vaguement médiévaux, dans une île d'Écosse sans rien de typiquement écossais, que ce dialogue où se mêlent si intimement, de manière beaucoup plus puissante encore que dans le théâtre hugolien de la période romantique, de grandes envolées sublimes et des commentaires virulents, ironiques, authentiquement grotesques ? Comment définir le registre de cette pièce à la fois lyrique et satirique, spiritualiste et matérialiste, poignante et distanciée ?

L'écriture du « Théâtre en liberté »

L'originalité et la puissance poétique de *Mangeront-ils ?*, comme de l'ensemble du *Théâtre en liberté*, tient en grande partie aux circonstances de son écriture. Exilé pendant le Second Empire, Hugo, le plus célèbre opposant au régime de Napoléon III, n'en continue pas moins de produire une œuvre abondante, d'une richesse inouïe, et couvrant tous les genres littéraires : le roman, avec le succès populaire immense des *Misérables*, paru en 1862, *Les Travailleurs de la mer* (1866), *L'homme qui rit* (1869)... ; la poésie, avec des recueils militants (*Châtiments* en 1853), lyriques (*Les Contemplations* en 1856, les *Chansons des rues et des bois* en 1865), épique (*La Légende des siècles*, dont la première série sort en 1859) ; et, de manière plus discrète, le théâtre...

Si le genre dramatique ne fait pas partie de la production la plus célèbre de Victor Hugo pendant l'exil, ce n'est pas qu'il le néglige, ou qu'il en a perdu le goût, c'est que ses pièces restent longtemps censurées, au moins jusqu'en 1867, date de la reprise d'*Hernani* à la Comédie-Française. Cette interdiction n'empêche pas le proscrit de toujours s'intéresser au théâtre : il suit l'avancement de la traduction de Shakespeare entreprise par son fils François-Victor, et dont la publication s'étend de 1858 à 1865 ; parallèlement, il écrit lui-même un grand essai, *William Shakespeare*, où il renoue avec la réflexion sur la littérature en général, et sur le théâtre en particulier. À l'occasion de la rédaction à quatre mains, avec sa femme, du *Victor Hugo raconté par un témoin de sa vie* (1863), il s'est replongé dans ses souvenirs de jeunesse, et notamment dans son grand combat pour l'accès du théâtre romantique à la scène. Et, depuis 1854, pour se délasser des grandes œuvres en cours ou tout juste terminées, il écrit régulièrement des pièces d'une facture radicalement neuve, loin des modèles établis, y compris par lui-même [1]. Sachant qu'elles ne feront pas l'objet d'une représentation ou d'une publication immédiates, il les conçoit sans toujours tenir compte des contraintes de la scène contemporaine, et les réserve pour un recueil à venir, qu'il intitule d'abord *La Puissance des faibles*, puis *Théâtre en liberté*. L'expression est provocatrice :

---

1. En voici la liste : *Prologue* ; *La Forêt mouillée* ; *La Grand'mère* ; *Mille francs de récompense* ; *L'Intervention* ; *Mangeront-ils ?* ; *L'Épée* ; *Les Deux Trouvailles de Gallus* (parues dans *Les Quatre Vents de l'Esprit*) ; *Torquemada* (parue séparément en 1882) ; *Welf, castellan d'Osbor* (publié dans la Nouvelle Série de *La Légende des siècles*) ; *Les Gueux* ; *Sur la lisière d'un bois* ; *Être aimé*. Voir l'historique de la publication fourni par A. Laster dans son édition « Folio » chez Gallimard, ou dans son édition « Bouquins » chez Robert Laffont.

cette « liberté », c'est tout à la fois l'originalité sans frein de l'écriture, et un défi à la censure impériale. Comme si c'était précisément l'exil qui lui offrait, paradoxalement, une plus grande liberté de parole.

Parce qu'elles ne furent pas montées de son vivant et que Hugo, dans un projet de préface, jugeait certaines « jouables seulement à ce théâtre idéal que tout homme a dans l'esprit », on a parfois pensé, abusivement, que ces pièces étaient intrinsèquement impropres à la scène. Il n'en est rien. À preuve, dès l'exil, Hugo envisage un temps l'éventualité d'en faire représenter certaines : *Mille francs de récompense*, par exemple, mélodrame social en quatre actes et en prose, correspond à l'esthétique contemporaine, et passerait selon lui parfaitement la rampe. Mais il ne surmonterait pas l'épreuve de la censure, à cause de la satire des nantis et de la justice qu'il contient : on y voit un ancien soldat de la Révolution dépouillé de ses biens par les huissiers, un homme d'affaires apparemment respectable exercer un chantage odieux auprès d'une veuve et de sa fille, et le sauveur de la situation se faire emprisonner. *Mille francs de récompense* ne fait pas exception. Hugo le dit lui-même : « *Margarita*, *La Grand'mère*, *L'Intervention*, et, à la rigueur, *La Mort de la sorcière*[1] pourraient être représentées sur nos scènes telles qu'elles existent. »

La palette d'écriture du *Théâtre en liberté* est très large. La plupart des pièces sont en vers, deux sont en prose (*Mille francs de récompense* et *L'Intervention*) ; les plus courtes se réduisent à un simple monologue (*Être aimé*), ou à un dialogue en une seule

1. *La Mort de la sorcière* est le premier titre de *Mangeront-ils ?*.

scène (*Sur la lisière d'un bois, Les Gueux*) ; les plus longues occupent la durée d'un spectacle entier (c'est le cas du drame en quatre actes *Mille francs de récompense*, et de *Mangeront-ils ?*, comédie en deux actes et 1 582 vers). L'une d'elles, *La Forêt mouillée*, polyphonie d'animaux et de plantes volubiles, atteint les limites du représentable, et semble attendre l'invention du dessin animé. À bien des égards, Hugo fait figure de précurseur dans ces pièces où l'on dénicherait sans peine les prémices des veines naturaliste, symboliste, surréaliste, et du théâtre épique brechtien.

« *Mangeront-ils ?* »

Sur l'île de Man, lady Janet et lord Slada, deux amants pourchassés par le roi jaloux, ont trouvé asile dans un cloître, où poussent des plantes vénéneuses. Ils s'aiment, mais ils ont faim ! Aïrolo, voleur vagabond, vient à leur secours, au risque d'être pendu. Le roi, abusé dans sa superstition par la prédiction d'une sorcière qui agonise, selon laquelle il mourra juste après Aïrolo, doit céder au chantage de ce dernier...

On décèle dans *Mangeront-ils ?* de nombreux échos aux lectures de l'auteur. Le ressort principal de l'intrigue lui vient de Walter Scott : en 1823, Hugo avait déjà apprécié dans *Quentin Durward* « l'expédient ingénieux » attribué par le romancier anglais à « l'astrologue Galeotti pour échapper à Louis XI [1] ». Devinant que le souverain s'apprête à le faire pendre, il lui prédit qu'il mourra vingt-quatre heures après lui :

1. Article de Hugo paru dans *La Muse française*, juin 1823.

le roi renonce aussitôt à son exécution. Quelques années plus tard, dans une note préparatoire à *Notre-Dame de Paris*, Hugo, décidément frappé par cette petite histoire, attribuait le subterfuge au médecin Coictier : « Vous mourrez huit jours après moi, disait-il à Louis XI – Avait un grand empire sur le roi qu'il menait durement et par menaces. » Parmi les autres sources possibles d'inspiration, *La Tempête* de Shakespeare a peut-être fourni à Hugo le motif de l'île de tous les dangers et de tous les sortilèges, et, avec le bon génie Ariel, un modèle pour le facétieux et secourable Aïrolo, au nom si proche. Il se peut aussi que Hugo se souvienne du roman de Charles Nodier *La Fée aux miettes* (1832), dont une partie de l'action se déroule sur l'île de Man, et où la fortune du héros lui vient de son mariage avec une étrange vieillarde aux pouvoirs surnaturels.

Mais on repère aussi dans *Mangeront-ils ?* des échos nombreux avec les œuvres « majeures » – entendons par là celles qui bénéficient, par leur publication, d'un retentissement immédiat – conçues à la même époque. Rédigée en 1867, la pièce occupe une place intermédiaire entre les *Chansons des rues et des bois* (1865), *Les Travailleurs de la mer* (1866), et *L'homme qui rit* (1869). Le mélange des genres, typique de l'écriture hugolienne, se traduit ici par une communauté d'inspiration et une circulation des motifs d'une œuvre à l'autre. Par exemple, on reconnaît dans *Mangeront-ils ?* l'allégresse profonde qui inspire les *Chansons des rues et des bois*, avec leur célébration de la grande divinité de la nature et de la puissance de l'amour ; le motif de l'île, lieu fascinant et mortifère, figure déjà dans *Les Travailleurs de la mer* ; et le principe du renversement de fortune qui permet à un gueux d'en remontrer aux puissants se retrouvera dans *L'homme qui rit*.

Cette « puissance des faibles » (premier titre envisagé par Hugo pour son recueil) est le thème majeur du *Théâtre en liberté*. Face aux prestiges trompeurs du pouvoir tyrannique, les faibles sont puissants de la seule valeur qui n'ait pas de prix, l'amour, dans toutes ses dimensions, amour charnel ou filial, amour du prochain ou de la grande nature. Dans *Mangeront-ils ?*, cette générosité suprême est incarnée par Zineb et Aïrolo. La sorcière remercie le vagabond de l'avoir aidée à mourir en paix en lui confiant un talisman, mais surtout en le garantissant des foudres du roi ; à son tour, Aïrolo utilise le pouvoir qu'il a acquis pour délivrer les amants, sans rien attendre d'eux en retour, et pour renverser le tyran.

Il faut comprendre l'oxymore de l'expression « la puissance des faibles » dans toute sa dimension dialectique : il induit sa réciproque, la faiblesse des puissants, que formule plaisamment le roi de Man, dans sa rage de n'être point aimé : « Quoi ! moi, le maître, à qui tous disent : j'obéis ! / Moi, qui descends des dieux et des loups du pays, / [...] Je suis un tout-puissant frémissant d'impuissance ! » Celle-ci ne vient pas seulement de son incapacité à se faire aimer (de Janet, possible métaphore de son peuple), elle relève aussi, intrinsèquement, de la fragilité de la légitimité monarchique. Hugo s'emploie à désacraliser définitivement la fonction royale, qui, dans son théâtre de l'époque romantique, pouvait avoir encore quelque grandeur et quelque panache derrière ses failles manifestes. Ici, le roi est devenu un grotesque, un tigre de papier, un fantoche égoïste, soumis aux diktats de l'Église, contraint à l'altruisme par pur intérêt, cédant au chantage d'un gueux sous l'emprise de la superstition.

Le plaisir du public et la force subversive du propos reposent sur cette superstition, ressort essentiel de la pièce. Par l'effet de l'ironie dramatique, qui assure au spectateur un savoir supérieur aux personnages, le surnaturel se donne comme illusion. Le public le sait bien, Aïrolo doit la vie sauve non à son talisman, mais à la ruse de Zineb qui a abusé de la crédulité du roi, l'ayant persuadé de ses talents de médium, alors qu'elle a simplement intercepté un message secret. Victime de l'ironie dramatique qui divertit le spectateur à ses dépens, le roi crédule emporte dans la dérision la monarchie tout entière, elle-même dénoncée comme une vaste superstition. Et il ne s'agit pas d'un combat obsolète. En situant son intrigue dans un passé très vague, symbolique plus qu'historique, Hugo dénonce toute « monarchie », entendons par là, au sens étymologique, tout pouvoir personnel (*monarchie*), royal ou impérial. Derrière le roi de Man se profile le spectre de Napoléon III, déjà visé en 1853 par la galerie de fantoches qui défilent dans *Châtiments* ; et si le Second Empire devient « libéral » en 1867, justement l'année où il écrit *Mangeront-ils ?*, Hugo n'en poursuit pas moins sa résistance inconditionnelle. De même qu'Aïrolo ne laissera pas le roi en paix tant qu'il est au pouvoir, de même Hugo ne transigera jamais avec l'empereur, et ne rentrera en France qu'à sa chute.

Zineb et Aïrolo incarnent l'esprit de révolte contre la tyrannie qui les pourchasse, contre les superstitions, les peurs et les compromissions qui la servent. Ils n'obéissent à aucune autre loi que celle de la nature, qui leur a enseigné la vertu curative des plantes, avec lesquelles Zineb soigne un oiseau blessé, la nécessité organique de se nourrir d'autre chose que d'amour et d'eau fraîche, et l'égalité de tous devant la mort. Proximité avec la nature magnifiquement rendue, dans la mise en scène de Benno Besson, par la continuité du matériau entre leurs deux costumes et le décor sylvestre. La forêt, un peu comme dans *Robin des Bois*, est ici le lieu de la régénérescence d'une société pervertie, d'une refondation du contrat social sur laquelle s'achève la pièce, non sans un soupçon de scepticisme.

Dans ce décor où la végétation a envahi le cloître en ruine, la religion naturelle l'emporte allègrement sur les prestiges de l'Église, qui n'impressionnent plus Aïrolo qu'à moitié. Il ôte son bonnet devant la statue d'un saint, lui lançant : « Salut, saint décrépit ! » La religion de Hugo s'exprime bien plutôt dans la sublime tirade de la sorcière qui agonise, couverte par Aïrolo « d'un suaire de fleurs », à l'abri des frondaisons, répondant à l'appel de « l'obscur trépas ». Hugo, qui n'exclut pas de mourir en exil, fait entendre une voix d'outre-tombe. L'idée figure dans la préface des *Contemplations* : « Ce livre doit être lu comme on lirait le livre d'un mort. » Nul doute que cette voix résonne directement dans le discours de Zineb, qui évoque en mourant la famille des « proscrits, animaux ou prophètes,/ Dont les âmes de rêve et de stupeur sont faites ».

L'alliance du sublime et du grotesque, héritée de Shakespeare et revendiquée dans la préface de *Crom-*

well (1827), s'opère ici beaucoup plus intimement que dans le théâtre des années 1830. Cette union est commandée par la thématique même de la pièce, fondée sur le renversement des valeurs, sur le dépassement de l'opposition entre matérialisme et spiritualisme dans la religion naturelle, sur la proximité du rire et de la mort[1]. Mais elle tient aussi à son écriture : au travail de sape de l'unité des personnages par la brisure du vers, et aux techniques de distanciation mises en œuvre par la fable.

Véritable « odyssée du vers[2] », *Mangeront-ils ?* affiche une virtuosité désinvolte dans le maniement de l'alexandrin. Hugo joue de toutes les audaces : coupes syncopées, enjambements acrobatiques (dissociant le verbe transitif de son complément, le verbe d'état de son attribut, le substantif de son épithète, etc.), diérèses hardies, rimes provocatrices... Sous l'effet de ce tour de force poétique, le discours finit par atteindre une autonomie propre, et par se détacher de son locuteur. Le personnage tend alors à une abstraction typique du théâtre symboliste.

L'impression de détachement tient aussi au travail de la distanciation, dû au mélange de la trivialité et de l'érudition, du réalisme et du fantastique, au brouillage des références codées au Moyen Âge dans le temps de la fiction, aux pantomimes fantasques et aux commentaires en aparté d'Aïrolo et de Mess Tityrus, aux allusions métathéâtrales, et à l'invraisemblance du dénouement heureux.

Féerie matérialiste, comédie métaphysique et farce

---

1. Selon Anne Ubersfeld, cette proximité est définitoire du grotesque. **2.** L'expression est de Guy Rosa.

symboliste, déjà écrite dans cette veine libertaire et anarchiste qui sera celle du vieil Hugo, *Mangeront-ils ?* fait voler en éclats les formules dramatiques attendues. Juliette Drouet ne s'y était pas trompée.

Florence NAUGRETTE et Jean MAURICE.

Nous reproduisons le texte dit « de l'Imprimerie nationale », édité par la librairie Ollendorff en 1911.

Mangeront-ils ?

COMÉDIE

Personnages

LADY JANET.
LORD SLADA.
LE ROI DE MAN.
MESS TITYRUS, flûtiste lauréat[1].
AÏROLO.
ZINEB.
LE CONNÉTABLE[2] DE L'ÎLE.
LE CAPITAINE ARCHER.
PREMIER VALET.
DEUXIÈME VALET.
COURTISANS. ARCHERS. MUSICIENS. VALETS. UN MOINE.

La scène est dans l'île de Man[3].

---

1. « Lauréat » peut avoir ici son sens étymologique, « couronné de lauriers » (*laureatus*). 2. Ici, gouverneur. 3. Île écossaise située dans la mer d'Irlande. Mais la vraisemblance de la « couleur locale » n'a dans la pièce qu'une importance très limitée.

ACTE PREMIER

LA SORCIÈRE

La ruine d'un cloître dans une forêt.

Une masure colossale aussi composée de troncs d'arbres que de pans de mur. Pierres et racines mêlées. Écroulement et broussaille. Ensemble de bâtisse et de végétation, crevassé çà et là de portes rongées et de fenêtres égueulées[1]*, peu distinctes de la vaste et informe claire-voie des branches. À droite, une chapelle ouverte, surmontée d'une croix, et entourée de tombes. Parmi les tombes, droite sur un socle, une statue de saint. En avant de la chapelle, un porche obstrué de branchages faisant une sorte de cellule. Ce porche étant une arche, on peut y entrer de deux côtés, soit par-devant, soit par-derrière. La végétation le couvre au point d'en cacher à peu près l'intérieur. À gauche, un massif de hauts arbustes, en avant duquel le cintre surbaissé d'une tombe détruite offre un deuxième enfoncement de moindre hauteur, également couvert de ronces. Autour de la ruine, un mur bas, croulant, aisé à enjamber, plutôt parapet que muraille.*

Au-delà de cette enceinte, au premier plan, la forêt. Au fond, la mer.

À la décroissance des cimes des arbres, et à l'élévation de l'horizon de mer, on sent qu'on est sur une hauteur.

---

1. Abîmées.

Près de la chapelle, une brèche étroite dans le mur, ne pouvant donner passage qu'à une personne à la fois, s'ouvre sur un escalier de pierres brutes qui semble s'enfoncer dans un précipice et descendre vers la mer.

Scène première

ZINEB

Une vieille femme marche péniblement en dehors du parapet. On voit le haut de son corps. Elle est vêtue d'un sac et d'un voile en guenilles. Elle a dans ses cheveux gris bizarrement rattachés des pièces de monnaie qui brillent, et, dans les tresses en désordre, une plume nouée qui semble couleur de feu.

ZINEB

J'ai cent ans. Le moment est venu de mourir.

Pensive et accoudée au parapet.

Cent ans.

Elle détache de sa coiffure la plume et la considère.

Ce talisman ne peut me secourir
Désormais.

Elle replace la plume dans ses cheveux.

J'ai fini ma tâche. Allons au gîte.

Elle se met en marche lentement. Elle s'arrête et lève la tête.

J'entends dans ce branchage une aile qui palpite.
C'est le tressaillement d'angoisse d'un oiseau.
Car l'homme et l'animal sont le même roseau ;
L'éternel vent de mort nous courbe tous ensemble.

Elle regarde dans les arbres.

C'est un ramier [1] blessé.

On voit un pigeon voleter au-dessus d'elle.

Viens, oiseau.

Le pigeon descend de rameau en rameau et tombe à terre en dedans du mur d'enceinte. Zineb franchit le parapet. L'oiseau se laisse prendre. Elle le réchauffe dans ses mains.

Comme il tremble !

Elle l'examine.

Oui, c'est un des pigeons messagers du couvent
Par qui les prêtres vont sans cesse s'écrivant,
Afin de tout savoir et de tout se transmettre.

Le pigeon a un papier noué à la patte.

Un papier. Justement. Il apporte une lettre.
Il revient de la ville. Et, quand il a passé,
Quelque chasseur l'aura d'un grain de plomb blessé.
La lettre vient à moi, donc il faut que je lise.

Elle dénoue avec précaution de la patte du pigeon le papier qu'elle déploie, et elle lit :

« De l'évêque à l'abbé. S'il touche à ton église,
« On touchera son trône [2]. »

---

1. Espèce de pigeon encore appelé « palombe » et très prisé des chasseurs (voir v. 14). **2.** Indice d'un possible conflit entre le pouvoir religieux et le pouvoir politique, qui serait gênant pour le roi.

Rêvant.

Un avis, un envoi
De prêtre à prêtre avec une menace au roi.
Guérissons l'oiseau.

Elle cueille une feuille dans une fente du parapet.

Feuille, ô dictame de Crète [1],
J'invoque ta vertu redoutable et secrète,
Poison pour tous, pour lui sois la vie.

Elle frotte avec la feuille l'aile de l'oiseau qui semble inanimé.

Est-ce pas,
Nature, que tu hais les semeurs de trépas
Qui dans l'air frappent l'aigle et sur l'eau la sarcelle [2],
Et font partout saigner la vie universelle !

Elle continue de frotter la blessure ; l'oiseau reprend force et mouvement.

L'aile n'est que meurtrie. Il renaît. À présent
Va porter ton haineux message, être innocent.

Elle lui rattache le papier à la patte.

Ton bec est rose, oiseau cher au devin, au mage,
Au scalde [3], et l'arc-en-ciel est dans ton doux plumage.
Te voilà guéri. Va.

Elle lâche le pigeon qui s'envole. – Elle écoute.

J'entends marcher.

---

1. Plante aux vertus curatives. **2.** Sorte de petit canard.
3. Ancien poète scandinave.

Elle se hâte en chancelant et sort.

Entrent le roi de Man et Mess Tityrus, chacun une sarbacane[1] *à la main. Mess Tityrus a une gibecière au côté.*

1. Tuyau de bois ou de métal dans lequel on souffle pour lancer divers projectiles. C'est ici une arme de chasse assez fantaisiste.

Scène deuxième

LE ROI DE MAN, MESS TITYRUS ; *par instants*, AÏROLO.

Le roi et Mess Tityrus viennent de la forêt du côté opposé à celui par où est sortie Zineb. Ils s'arrêtent en dehors du mur de clôture. Ils sont suivis à distance par le connétable de l'île et par une troupe d'archers qui s'arrêtent au fond du théâtre.

LE ROI, *à Mess Tityrus.*

Tu l'as
Effrayé, non touché.

MESS TITYRUS

Je suis myope, hélas !

LE ROI

Cela fait un chasseur dont le gibier ricane.

MESS TITYRUS

Si vous l'eussiez visé de votre sarbacane,
Sire, il tombait. Les rois ont les talents innés.
La piste du pigeon nous a d'ailleurs menés
Tout droit, bien que mon tir ait manqué de justesse,
À ce cloître que veut surveiller votre altesse.

Il montre au roi la ruine et désigne du doigt successivement les divers points du paysage.

Voici l'endroit. De loin, sire, on le reconnaît.
On voit là, sur un tertre, au milieu du genêt,
Parmi les fleurs qu'avril dans les prés vient répandre,
Un gibet.

LE ROI

C'est à moi.

MESS TITYRUS

L'homme qu'on mène pendre
Passe là, sous ce mur, afin qu'un crucifix
Tendu par quelque abbé qui l'appelle mon fils
Lui puisse être au besoin offert du haut du cloître.

Montrant l'horizon.

Ici la mer qu'au loin on voit croître et décroître.

Montrant la brèche du mur par où s'enfoncent les premières marches de l'escalier dans les rochers.

Un escalier.

Il se penche.

En bas une barque, pouvant,
Si c'est le bon plaisir de monseigneur le vent,
En deux heures porter les gens en Angleterre.
La barque est au couvent. Murs noirs, lieu solitaire ;
La fougère pour lit, un logis fort succinct ;

Montrant la statue.

Et ce morceau de pierre est ce qu'on nomme un saint.
L'été rayonne et rit dans la forêt voisine.
Vous vouliez épouser, sire, votre cousine,
Lady Janet ; lady Janet, secrètement,
Avait votre cousin, lord Slada, pour amant.
Tous deux ont pris la fuite, et depuis cet esclandre
L'aurore a vu trois fois du fond des bois descendre
La biche menant boire au lac ses jeunes faons ;
Autrement dit, voilà trois jours que ces enfants,

Entendant derrière eux gronder votre tonnerre,
Sont venus se blottir chez ce saint qu'on vénère.
Je comprends leur terreur ; vous êtes en courroux,
Vous êtes amoureux et roi, vous êtes roux.
Diable !

LE ROI, *crispant les poings.*

Oh !

MESS TITYRUS, *montrant le connétable et les archers.*

Vous faites peur, avec ce connétable
Et ce tas d'alguazils[1] de mine épouvantable.
Ainsi Phébus[2], devant Jupiter, se sauva.

LE ROI, *au connétable.*

Fais le guet dans le bois avec tes hommes. Va.

Sortent le connétable et les archers.

MESS TITYRUS, *montrant le cloître.*

Sire, là sont cachés les tourtereaux rebelles.
Cette église est un lieu d'asile. Lois fort belles !
Un voleur qui de meurtre et de sang se repaît,
Qui s'évade, et qui veut franchir ce parapet,
Est mort, s'il saute mal, et sauvé, s'il enjambe ;
Et l'on est innocent pourvu qu'on soit ingambe[3].

---

1. Membres de la police en Espagne. Ici, les soldats que commande le connétable. **2.** Autre nom d'Apollon, dieu des arts, des troupeaux, de la médecine, du jour et du soleil chez les Grecs, puis les Romains. Phébus fut deux fois exilé par Jupiter, d'abord parce qu'il avait conspiré contre lui, ensuite parce qu'il avait tué les cyclopes. **3.** Alerte, grâce à l'usage normal des deux jambes.

Paraît au-delà du mur d'enceinte Aïrolo. Face maigre et hardie. Beaucoup de cheveux. L'œil brillant. Pieds nus. Des haillons. Un hérissement jovial.

Ce mur garde et défend le fuyard éperdu.

Mess Tityrus montre alternativement au roi les deux côtés de la muraille d'enceinte.

Là, je suis imprenable ; ici, je suis pendu.

Mess Tityrus franchit le parapet et entre dans l'enceinte. Le roi y entre après lui.

AÏROLO, *désignant Mess Tityrus, à part.*

Tu parles bien. J'y vais faire aussi mon entrée.

Désignant derrière lui la partie du taillis où se sont enfoncés les archers et la suite du roi.

Ma personnalité pourrait être empêtrée
Dans ce bois. Trop d'archers. L'asile est un répit.
Je m'y fourre.

Il enjambe le parapet.

C'est fait.

Ôtant son bonnet devant la statue.

Salut, saint décrépit[1] !

Il traverse le cimetière et sort par les arches du cloître sans être aperçu du roi ni de Mess Tityrus.

1. Très usé, en très mauvais état.

LE ROI

Les rois n'existent pas tant qu'on a des asiles !
À quoi bon être lord[1] de la mer et des îles ?
Quoi ! moi, le maître, à qui tous disent : j'obéis !
Moi, qui descends des dieux et des loups du pays,
Moi, qui de mes créneaux couvre toute la côte,
Moi, roi de Man, ayant justice basse et haute[2],
Moi, que la guerre emplit de son souffle fougueux,
Parce qu'il a passé par la tête d'un gueux
De marmotter jadis du latin sur ces pierres,
Parce qu'un moine infect, en baissant les paupières,
Un goupillon au poing, a craché son credo
Sur ce mur aspergé de quelques gouttes d'eau,
Parce que le passant, sorte de brute, épèle
L'absurde mot Refuge au front de la chapelle,
Quoique je sois le roi, quoique je sois jaloux,
Quoique j'aie un donjon, des carcans[3] et des clous,

Montrant la forêt derrière lui.

Quoique mes gens soient là tenant leurs armes prêtes,
Me voilà condamné, moi, l'homme que les bêtes
Et les dragons des bois craindraient d'avoir contre eux,
À laisser devant moi s'aimer deux amoureux !
Quoi ! mon pas fait trembler jusqu'aux morts sous leurs [marbres,
Quoi ! j'ai tant accroché de squelettes aux arbres

---

1. Ici, maître. **2**. Usage médiéval. La « haute justice » donnait aux seigneurs le droit de condamner à la peine de mort. La « basse justice » concernait les affaires de moindre importance. **3**. Colliers de fer qui attachaient les criminels à un poteau pour les exposer au public.

Que la lune hideuse a peur au fond des bois,
Et mes gibets sont tous vaincus par cette croix !

Il montre la croix sur la chapelle.

Je suis un tout-puissant frémissant d'impuissance !
Ma cousine Janet, avec son innocence,
Et mon cousin Slada, grand garçon pâle et doux,
Allons, becquetez-vous ! c'est bien, adorez-vous !
Deux insolents ! dont l'un est la femme que j'aime !
Et parce qu'ils ont eu l'odieux stratagème
De se sauver ici, d'échapper à ma dent,
Je reste là, stupide ! – Est-ce assez impudent,
À qui brave le roi Dieu vient prêter main-forte !
Maître partout ailleurs, devant ce seuil j'avorte[1].
J'assiste à cet éden comme un Satan transi[2].
Je regarde cet homme et cette femme ici
Comme une sphère voit passer une autre sphère !
Quoique près, ils sont loin. Et, furieux, que faire ?
Vingt archers sous la main qui ne servent à rien !
Triste, à l'attache, au pied de ce mur, comme un chien,
Je me ronge les poings, et je perds la gageure[3],

Il arrache une poignée de fleurs.

Et j'écume, et ces fleurs me semblent une injure,
Tandis qu'ainsi qu'Artus et la belle Euriant[4]
Ces amants, à travers les grands chênes, riant
De moi, vile araignée engluée en sa toile,
Contemplent le lever de quelque blanche étoile !

---

1. Je reste impuissant. **2**. L'Éden est le Paradis terrestre, évidemment interdit à Satan. Le roi enrage d'assister au bonheur des deux amoureux sans pouvoir violer leur asile. **3**. Pari très risqué. **4**. Personnages médiévaux légendaires.

MESS TITYRUS

Mylord...

LE ROI

Conseille-moi, car je suis enragé.

MESS TITYRUS, *s'inclinant.*

Mylord...

LE ROI

Parle.

MESS TITYRUS

Je suis joueur de flûte, et j'ai
Pour fonction de mettre en musique le règne
De votre altesse. Il sied que le peuple vous craigne ;
Votre sceptre est un fouet, très habile, vraiment.
Apprivoiser, c'est là tout le gouvernement ;
Régner, c'est l'art de faire, énigmes délicates,
Marcher les chiens debout et l'homme à quatre pattes ;
Vous y réussissez, vous atteignez le but ;
On est fort plat. L'impôt, la dîme, le tribut,
Croissent correctement, et, si quelques-uns grondent,
Nul n'ose résister. Vos potences abondent,
Vos glaives sont coupants, vos estocs[1] sont pointus ;
Moi, j'adoucis les cœurs en chantant vos vertus.
Ne me demandez pas autre chose.

LE ROI

Imbécile !

---

1. Épées à lame très aiguë utilisées aux XVe-XVIe siècles.

Conseille-moi !

MESS TITYRUS

Mylord...

LE ROI

Mais, pardieu ! c'est facile.
Je vais faire jeter cette masure à bas.
Des pioches !

MESS TITYRUS

Roi, plaisirs, tournois, galas, combats,
Vous pouvez vous donner toutes vos fantaisies,
Le peuple paie. Ayez d'augustes frénésies,
Régnez, mettez en croix sur la plus haute tour
Qui vous voudrez ; prenez, pour la guerre ou l'amour,
Les femmes aux maris et les maris aux femmes,
Ayez une galère à cent paires de rames
Et faites-y ramer vos sujets tour à tour,
On se courbera. Mais si vous touchez un jour
À l'Église, à ses droits, à ce cloître inutile,
Ah bien, c'est pour le coup que, dans toute cette île,
On entendra sonner le tocsin[1] jusqu'au ciel.

LE ROI

Tu dis vrai.

MESS TITYRUS

Roi, le peuple est miel, le prêtre est fiel.
Soyez fort, mais prudent. Ne cherchez jamais noise,

1. Cloche destinée à sonner l'alarme.

Aigle, à l'aspic, et, prince, à l'Église sournoise ;
Sinon, vous sentirez la piqûre.

Le roi et Mess Tityrus observent le cloître. Derrière eux, entre deux piliers, passe la tête d'Aïrolo. Le roi et Mess Tityrus ne le voient pas.

AÏROLO, *à part, jetant les yeux autour de lui.*

Un hallier
Bourru [1], dont, sauf erreur, voici le mobilier :
Une sorcière, moi, deux amants mal à l'aise,
Et la mer variable au bas de la falaise.
Plus un roi pas content.

MESS TITYRUS, *regardant le bois.*

Lieu de roucoulements.

AÏROLO, *regardant le roi.*

Comment faire à ce roi lâcher ces deux amants ?

Il disparaît.

On voit voleter dans les arbres un oiseau. C'est le pigeon guéri et lâché par Zineb qui passe à tire-d'aile.

MESS TITYRUS, *l'apercevant.*

Le pigeon !

LE ROI

Le même ?

1. Buisson touffu.

MESS TITYRUS

Oui.

LE ROI

C'est vrai, le même. – Tire.

MESS TITYRUS

Après mon roi.

Le roi ajuste le pigeon de sa sarbacane et souffle. La balle part. Le pigeon continue de voler.

LE ROI

Manqué !

Mess Tityrus vise le pigeon et lâche son coup de sarbacane. Le pigeon tombe.

Touché. – Par toi.

MESS TITYRUS

Non, sire,

Par vous. C'est votre coup.

LE ROI

J'admire qu'un ramier

Ne tombe qu'au deuxième, étant mort du premier.

MESS TITYRUS

Effet de la grandeur des rois.

LE ROI

Soit.

Mess Tityrus ramasse le pigeon tué, et aperçoit le papier qu'il a à la patte.

MESS TITYRUS

Chose à lire !
L'oiseau vient de la ville en droite ligne, sire.
Il portait un message.

LE ROI

Entre nos mains tombé,
Heureusement. Lisons.

MESS TITYRUS, *dépliant le papier et lisant.*

« De l'évêque à l'abbé. »

LE ROI, *lui arrachant le papier et lisant.*

« S'il touche à ton église, on touchera son trône. »

Froissant le papier avec colère.

Ah ! mon évêque ainsi me recommande au prône[1] !

MESS TITYRUS

Et dire que le roi doit vivre à côté d'eux !

LE ROI

Coupons l'intrigue net. Personne, hors nous deux,
Ne connaît cette lettre arrêtée au passage.
Supprimons-la.

Il déchire la lettre en mille morceaux qu'il jette au vent par-dessus le parapet.

Jetons à la mer le message,
Et mets dans ton carnier le messager.

Mess Tityrus ouvre sa gibecière et y met le pigeon mort.

---

1. Recommander à Dieu dans ses prières. Ironique, ici.

MESS TITYRUS

Mylord,
Vous l'avais-je bien dit ? altesse, avais-je tort ?
Voulez-vous voir votre île en feu, fâchez les prêtres.

LE ROI

Mess Tityrus, veux-tu mon avis sur ces traîtres
Qu'on nomme le clergé, sur ces tondus maudits,
Sur leur Alleluia, sur leur De Profundis ?
Le voici : leur autel, tréteau ; leur Dieu, sornette.
J'existe, moi.

MESS TITYRUS

Mylord, jugeant notre planète,
J'estime qu'un seigneur équestre et carnassier,
Flanqué de cent gaillards en chemise d'acier,
Est plus que Jésus-Christ suivi des douze apôtres.

LE ROI

Douze pleutres. Je hais toutes ces patenôtres[1].
Ne t'imagine pas que je sois un niais !
Si tu m'as cru pieux, tu me calomniais.
Soyez crédules ; moi, je hausse les épaules.
Je suis sans préjugés. Pour vous autres, vils drôles,
La déesse Frigga, femme de l'ours Fenris,
Est mon aïeule. Oui-da ! c'est prouvé. Moi, j'en ris.
De vos religions je m'évade, et j'échappe
Au missel, au plain-chant[2], aux chasubles[3], au pape ;

---

1. Mot forgé sur *Pater noster* ; par extension, toute prière.
2. Chant grégorien. **3**. Vêtements portés par les prêtres lors de la messe.

Je hais leur ciel, leur bible, et leur prétention
De nous débarbouiller par la confession.

Frappant la terre du pied en la regardant avec dédain.

Moi, croire qu'on vous juge en cette catacombe[1] !
Et que la mort écrit sur le seuil de la tombe :
Essuyez en entrant vos pieds au paillasson !
Contes ! fables ! Je suis sérieux, mon garçon.
Je vis, c'est tout. Je n'ai nulle foi, pas la moindre,
À l'éternel bon Dieu que le mourant voit poindre,
Au Christ dont on nasille à mains jointes le nom,
À l'autre vie, à l'âme, aux fariboles[2], non.
Moi, vois-tu, je ne crois qu'aux sorciers.

MESS TITYRUS

C'est d'un sage.

LE ROI

Par exemple, un corbeau le soir, mauvais présage.
Une vieille qui voit votre avenir, cela,
J'y crois.

MESS TITYRUS

Et vous avez raison. L'énigme est là.
Certes, sous le plafond des frênes et des ormes,
Quand un cercle hurlant de spectres et de formes
Tourne dans la clairière à minuit, sous leurs chants,
Sous leurs appels affreux, sous leurs pas trébuchants,
Une acceptation lugubre sort de l'ombre.
Et l'enfant au loin meurt, et la barque au loin sombre.
Ils sont les noirs tyrans du gouffre et du désert ;

---

1. Souterrain où l'on ensevelissait les morts. **2.** Bêtises.

On sent que le mystère intimidé les sert ;
Au cimetière, champ que la mort sème et fauche,
Une exsudation[1] de fantômes s'ébauche ;
Qui serait là verrait rôder parmi les croix
Un pêle-mêle obscur de faces et de voix ;
Et l'astre est dans la brume et l'âme est dans le trouble.

LE ROI

Vois-tu bien, l'homme est simple et le sorcier est double ;
Seul il connaît le fond du verre que je bois.
Il sait quel est le spectre intime de son bois.
Il lui parle.

MESS TITYRUS

À propos, sire, on dit qu'il existe
Dans le vaste inconnu de cette forêt triste
Une femme tragique et puissante ; on prétend
Qu'elle fait accourir la tempête en chantant.
Ses regards monstrueux inquiètent l'abîme ;
On voit parfois, la nuit, luire sur quelque cime
Ses deux yeux lumineux et fixes, noirs témoins.
On la nomme Zineb. Elle a cent ans au moins.
Le serpent sous ses pieds glisse et n'ose la mordre.

LE ROI

Je sais, et je la fais chercher. J'ai donné l'ordre
Qu'on me l'amène, et j'ai prescrit à mes baillis
De la tirer un jour du fond de ce taillis,
Tout en y ramassant quelques fagots pour elle.
C'est une créature âpre et surnaturelle ;
Je l'ai vue une fois. Je voudrais qu'on la prît.

---

1. Suintement de sueur ; ici, apparition progressive.

J'aime ces êtres-là. Leur effrayant esprit
S'ouvre sur l'avenir ainsi qu'une fenêtre.
Vrai, je ne serais point fâché de la connaître,
Mon cher, et j'aimerais la consulter un peu
Avant de la mêler aux braises d'un bon feu.

MESS TITYRUS

Bien dit. De plus en plus, monseigneur, c'est d'un sage.

LE ROI, *regardant du côté de la chapelle.*

Les voilà !

MESS TITYRUS

Qui ?

LE ROI

Janet ! Slada ! – Surcroît de rage !
Ils se sont mariés, mon cher, en arrivant !

MESS TITYRUS

C'est la loi qu'aux amants impose le couvent.
L'asile est à ce prix. Autrement sous ces dalles
Les vieux cercueils seraient troublés par des scandales,
Et les têtes de morts n'aiment point les baisers.
Des époux sont, du moins on l'espère, apaisés.

LE ROI

Janet me brave.

MESS TITYRUS

Au fait, la question est neuve.
Elle est épouse, enfin !

LE ROI

Soit. Je la ferai veuve.

MESS TITYRUS

Cette solution arrange tout.

Aïrolo survient derrière les piliers, s'arrête et écoute sans être vu.

LE ROI, *se frottant les mains avec rage.*

Je veux
Qu'on parle un jour de moi chez nos derniers neveux
Comme de Foulque Nère [1] ou du roi Polynice [2].
Quand j'aurai Slada, car il faut qu'on en finisse,
Par violence ou ruse, et de force ou de gré,
Quand je l'aurai repris, car je le reprendrai,
Je le fais condamner à mort par ma justice,
Mais avant de mourir, je veux qu'on s'aplatisse,
Je lui dirai : Slada, je te fais grâce. Alors,
– C'est doux de revenir vivant de chez les morts,
On n'a pas tous les jours pareille réussite, –
Toutes les lâchetés d'un fat qui ressuscite,
Il les fera, baisant mes genoux, rassuré,
Joyeux et vil ; et moi, tout à coup, je crierai :
Imbécile ! c'était pour rire. Qu'on le pende !

AÏROLO, *à part.*

Bon roi !

---

1. Foulque le Noir, comte d'Anjou de 987 à 1040, connu pour sa bravoure et sa cruauté. 2. Fils d'Œdipe et de Jocaste qui mena une guerre à mort contre son frère Étéocle pour régner sur Thèbes.

MESS TITYRUS, *avec déférence.*

Qu'il ait le cou coupé, s'il le demande.

LE ROI, *après réflexion.*

Parce que nous avons le même grand-père. Oui.

MESS TITYRUS

C'est un droit dont toujours la noblesse a joui.

LE ROI

Lâcher, reprendre, ouvrir, puis refermer la pince,
C'est ma manière. Ainsi je me sens maître et prince.
Pour jouer de la sorte avec l'espoir, l'effroi,
La mort, la vie, il faut, vois-tu bien, être roi.

AÏROLO, *à part.*

Il suffit d'être tigre.

Il continue sa marche et disparaît dans les recoins de la masure.

LE ROI, *se tournant vers le cloître.*

Ah ! je finirai, certe,
Vil cloître, par broyer ton enceinte déserte,
Infâme auberge ouverte au vassal fugitif !

MESS TITYRUS

Mylord, c'est une auberge, avec un correctif.
Si quelque moine apporte aux gens, dans ce refuge,
Un aliment quelconque, on le prend, on le juge ;
Un verre d'eau tendu par-dessus le fossé

Est puni. Cette auberge est un doux in-pace[1].
Aux arbres pas de fruits ; dans l'enclos pas de sources.

Aïrolo reparaît au fond, épiant.

Wulfe, un de vos aïeux, fut un prince à ressources.
Il avait de l'esprit. Or, cet homme d'État,
À prix d'argent, obtint des abbés qu'on plantât
Partout dans cette enceinte un tas d'herbes sinistres.
Les poisons que le diable inscrit sur ses registres
Sont ici tous, s'offrant à la soif, à la faim.
C'est très ingénieux, c'est élégant, c'est fin.
Tenez, ces grappes d'or, c'est le napel[2]. Mon hôte,
Goûtez-y, vous mourrez ce soir. Est-ce ma faute ?
Nulle brutalité. Cette église est un nid ;
Mais n'ayez appétit de rien.

Passant les broussailles en revue.

Cet aconit
Vous tuerait. N'allez pas porter à votre bouche
Ce pépin, c'est l'archis qui brûle ce qu'il touche...

AÏROLO, *à part.*

Botanique à noter. Ces gracieux détails
Me captivent.

---

1. Cachot, où, dans les couvents, on enfermait à perpétuité les coupables de graves fautes. **2**. Plante qui pousse en montagne. Dans les vers suivants, Mess Tityrus cite divers végétaux, dont certains sont d'ailleurs inoffensifs. Ou il se trompe, ou il se moque du roi. Mais, surtout, Hugo renforce l'effet d'accumulation en proposant au spectateur des signifiants étranges, qui tendent à devenir de purs objets poétiques.

MESS TITYRUS, *continuant.*

Au frais, croissent, sous ces portails,
Les girolles ; ce sont des plantes fort aiguës ;
Socrate aurait céans un bon choix de ciguës ;
La scammonée, un lys que hait l'effroi public,
Prospère en ce jardin parmi le basilic ;
Voici la mandragore avec la couleuvrée ;
Voici le stacte où boit la vipère enivrée ;
De sorte qu'on se voit protégé par les nœuds
D'un saint asile, orné d'arbustes vénéneux.

Aïrolo disparaît.

On est fort bien ici ; l'air est pur, l'ombre est noire.
Condition : ne point manger, et ne point boire.
À cela près, logis charmant. Pour déjeuner,
La rosée, et, le soir, la lune pour dîner.
Menu maigre. Ah ! que l'homme a des passions folles !
Sire, ils doivent crever de faim.

LE ROI

Tu me consoles.

MESS TITYRUS

Crever !

LE ROI

En es-tu sûr ? Tu flattes le tableau.

MESS TITYRUS

Non, crever ! Je maintiens le mot. Veut-on de l'eau ?
Du pain ? Il faut se rendre. On est pris par famine.

Lord Slada et lady Janet, appuyés sur le bras l'un de l'autre, traversent lentement l'enclos des tombes. Ils passent sans voir le roi ni Mess Tityrus. Mess Tityrus et le roi les considèrent.

LE ROI

Je leur trouve pourtant encor fort bonne mine !

Sortent lady Janet et lord Slada.

MESS TITYRUS, *hochant la tête.*

Combien de temps peut vivre un couple d'amoureux
Sans boire ni manger, cœur plein et ventre creux ?

LE ROI

Très longtemps.

MESS TITYRUS

Un soupir devient une dépense.

LE ROI

L'amour soutient.

MESS TITYRUS

Trois jours ! je les plains.

LE ROI

Mais j'y pense !

Allant à la brèche du parapet.

Mon cousin lord Slada, tu le sais, est marin.
Tous deux peuvent ce soir, si le temps est serein,
Descendre ces degrés, prendre en bas cette barque,
Et s'enfuir.

MESS TITYRUS

Je vous fais observer, ô monarque,
Que c'est là justement l'appât et l'hameçon.
Ce cloître est à deux fins[1] ; asile, mais prison.
Cette barque amarrée à ce rocher vous tente,
Vous descendez un pas, deux pas, sur cette pente,
C'est fait, vous n'êtes plus dans l'asile. On vous prend.

LE ROI

Le risque de leur fuite est par ici fort grand ;
Veillons.

MESS TITYRUS

Pour deux soldats la place est trop étroite,
On n'en peut mettre qu'un. L'escarpement à droite,
Le précipice à gauche. Il faut se tenir coi.
Quel homme voulez-vous placer là, sire ?

LE ROI

Moi.
Je m'y poste en personne, et je ne m'en rapporte
Qu'à moi, mon cher, du soin de garder cette porte.

MESS TITYRUS

Parfait.

LE ROI

Je barre au moins l'escalier, ne pouvant
Supprimer le bateau, puisqu'il est au couvent.

Le roi va à la brèche et examine attentivement l'escalier.

---

1. A deux fonctions.

MESS TITYRUS, *sur le devant du théâtre, à part.*

Est-ce que je le hais, ce roi ? non. Donc je l'aime ?
Point. Lui veux-je du bien ? Mais non. Du mal ? pas même.
Quand je le vois pencher d'un côté bête et noir,
Je l'y pousse. Pour nuire au maître ? non. Pour voir.
Je suis le chien sournois de ce lion inepte.
Je n'ai pas de désir séditieux[1] ; j'accepte
Ce que le hasard fait contre lui ; j'aide un peu.
J'aime à le voir gros, gras, bien-portant ; c'est mon vœu
Qu'il soit riche ; j'emplis derrière lui mon coffre ;
Seulement, chaque fois qu'une occasion s'offre,
Je travaille à le rendre un peu plus idiot.
Pourquoi ? Pour me distraire. Ah ! quel chef-d'œuvre, [un sot !
Je le contemple avec le regard d'un artiste.
Et, pour être très gai, je tâche qu'il soit triste.
Je lui fais des tours. J'aime à berner mon prochain.
Et puis, je prouve ainsi mon indépendance.

LE ROI, *revenant.*

Hein ?
Que dis-tu ?

MESS TITYRUS

Rien, seigneur.

LE ROI

Ah ! mon cher, je distille
Le fiel.

---

1. Désir de révolte.

MESS TITYRUS, *à part.*

Moi, pas. Je suis un neutre à fond hostile.

Regardant à droite.

Sire, ils viennent.

LE ROI

Sortons, et suis-moi. J'aime autant
N'être pas vu.

Ils sortent et descendent par l'escalier de rochers. Entrent par l'un des cintres ruinés du cloître, du côté de la chapelle, lord Slada et lady Janet.

Scène troisième

LORD SLADA, LADY JANET

LORD SLADA

Viens ! vois ! Ce bois semble content.
Il chante, et comme nous l'aube heureuse l'embrase.

LADY JANET

Qu'éprouves-tu ?

LORD SLADA

L'ivresse. Et toi, Janet ?

LADY JANET

L'extase.

LORD SLADA

Depuis trois jours je puis t'aimer en liberté !
Tu ne manques de rien, Janet ?

LADY JANET, *lui sautant au cou.*

Puisque je t'ai !

LORD SLADA

Un baiser.

LADY JANET

Deux !

Ils s'embrassent.

LORD SLADA

Sachez, madame, que vous êtes
Une beauté suprême, et que de moi vous faites
Plus qu'un dieu, votre esclave. Oh ! viens, tout mon
[bonheur !

LADY JANET

Quelle petite main vous avez, monseigneur !

Elle l'embrasse et se tourne vers la statue.

Nous sommes mariés.

LORD SLADA

Ma Janet adorable !

LADY JANET

C'est que monsieur le saint n'a pas l'air agréable.

Aïrolo vient de reparaître derrière les arbres ; il écoute et regarde sans être remarqué. Janet embrasse de nouveau lord Slada.

Encore ! –

À la statue.

Oui, mariés.

AÏROLO, *à part.*

Mariage d'oiseaux.
Probablement.

Il disparaît.

LORD SLADA, *jetant un coup d'œil sur la mer.*

L'été calme ces grandes eaux.
Dieu nous aide. Une barque est en bas. Sois tranquille.

Nous trouverons moyen d'échapper de cette île.
Il suffit de tromper les guetteurs un moment.
Quel beau lieu ! Cette mer, c'est un enchantement.
C'est que, vois-tu, je sens une joie inouïe.
Ma vie est dans l'azur, flottante, épanouie,
Lumineuse, et mon cœur s'ouvre, et je te reçois,
Et je t'aspire, esprit, femme, qui que tu sois !
Car il est impossible enfin que tu contestes
Cet éblouissement de tes regards célestes
Qui te fait souveraine et terrible, et qui rend
Insensé le pauvre homme à tes côtés errant.
Oh ! vivre ensemble est doux ! Ton front au jour [ressemble.

LADY JANET, *posant sa tête sur l'épaule de lord Slada.*

Quelque chose est plus doux encor ; mourir ensemble.
Le tombeau vous reprend dans sa pâle vapeur.
Mourir séparément, c'est effrayant. J'ai peur
Que le premier qui meurt et qui part ne rencontre
Là, dehors, dans la tombe où le vrai jour se montre,
Quelque ange qui l'entraîne en son vol, pour toujours,
Dans l'infidélité des célestes amours,
Et lui fasse oublier, dans la haute demeure,
L'autre âme, l'ange à terre et sans ailes qui pleure !
On n'est pas sûr qu'un mort soit fidèle. Jurez
Que vous ne mourrez pas et que vous m'aimerez !

LORD SLADA

Je le jure.

LADY JANET

Dieu même, ou toi, je te préfère !
Je n'imagine pas, n'importe en quelle sphère,

De respiration, si tu n'es de moitié.

LORD SLADA

L'homme est fait de malheur, la femme de pitié.
C'est pour cela, Janet, que vous m'aimez. Mon rêve
Commence dans le ciel et dans vos bras s'achève,
Je monte quand je viens de l'empyrée [1] à vous,
Et je ne suis jamais si haut qu'à vos genoux.

LADY JANET, *l'entourant de ses bras.*

Se tenir embrassés dans l'azur, quel beau songe !

LORD SLADA

Janet !

LADY JANET

Mylord !

LORD SLADA

L'extase en clarté se prolonge
Au-dessus de nos fronts, là-haut, n'entends-tu pas
Sur nos têtes des voix, des haleines, des pas,
Et n'aperçois-tu pas une lueur sacrée ?
Cette forêt ébauche au loin la vague entrée
Du divin paradis plein d'âmes, et de feux
Qui sont des cœurs mêlés aux profonds gouffres bleus !
Viens, aspirons l'oubli sous ces branches dormantes.
Ces nids sont des hymens [2], ces fleurs sont des amantes.
Notre âme communique avec tous les frissons
Des choses à travers lesquelles nous passons.

---

1. Dans la mythologie, partie la plus élevée du ciel et donc habitée par les dieux. **2**. Ici, unions amoureuses.

Les prodiges charmants du rêve nous caressent.
Viens ! aimons-nous. Le rire et les pleurs apparaissent
En perles dans ta bouche, en perles dans tes yeux.
Tu t'es transfigurée en un rayon joyeux.
Je crois te voir fouler de vagues asphodèles [1].
Où donc prends-tu cela que nous n'avons point d'ailes ?
Je sens les miennes, moi. Je suis prêt. Si tu veux
Dénouer dans l'aurore immense tes cheveux,
Si tu veux t'envoler, je suis prêt à te suivre,
Je te verrai planer, je me sentirai vivre,
Pendant que tu feras derrière toi pleuvoir
Des étoiles dans l'ombre auguste du ciel noir !
Si tu savais, je t'aime ! Ô Janet, mes paroles,
Je les prends aux parfums, je les prends aux corolles,
J'en suis ivre ; ces flots, ces rochers, ces forêts,
Aident mon bégaiement, et sont là tout exprès
Pour traduire à tes yeux ce que ma voix murmure.
Et sais-tu ce qui sort de toute la nature,
Ce qui sort de la terre et du ciel ? c'est mon cœur.
Ce que je dis tout bas, ce bois le chante en chœur.
Dans l'univers, qu'un songe inexprimable dore,
Il n'est rien de réel, hors ceci : je t'adore !
Un mot remplit l'abîme. Un mot suffit. Il faut
Pour que le soleil monte à l'horizon, ce mot.
Et ce mot, c'est Amour ! L'éternité le sème.
Dieu, quand il fit le monde, a dit au chaos : J'aime !

Il lui prend la main et la pose sur ses cheveux.

Mets sur mon front ta main. Je suis ton protégé.
Déesse, inonde-moi de ta lumière.

---

1. Fleurs ornementales.

LADY JANET, *à part.*

J'ai
Une faim !

LORD SLADA, *à part.*

Oh ! la soif !

Entre Aïrolo ; son vêtement est un haillon.

Scène quatrième

LORD SLADA, LADY JANET, AÏROLO

AÏROLO

Voulez-vous me permettre
Une observation ?

Saluant lady Janet.

Belle dame,

Saluant lord Slada.

Mon maître,

Se redressant.

Vous avez tous les deux besoin de déjeuner.

LORD SLADA

Qu'est cet homme ?

AÏROLO

Quelqu'un qui vous voit rayonner.
Oui, c'est le paradis de s'aimer de la sorte,
Mais toutefois un peu de nourriture importe ;
Vous êtes, j'en conviens, deux anges, mais aussi
Deux estomacs ; daignez me concéder ceci.
Paradis, mais terrestre. Adam voudrait, en somme,
– Pardon ! – sa côtelette ; Ève voudrait sa pomme [1].

---

1. Allusion amusée à la Genèse, où Ève, formée à partir d'une côte d'Adam, donne à celui-ci une pomme, le fruit défendu symbole du péché originel, entraînant ainsi leur expulsion du Paradis terrestre.

Aimer est bon, manger est doux. Donc, tolérez,
Pendant que vous rêvez et que vous soupirez,
Que moi, l'habitué de la forêt voisine,
L'homme froid, je m'occupe ici de la cuisine.
À propos,

Montrant les verdures à terre et sur les murailles.

Sur cette herbe, où courent les faucheux,
J'ai des renseignements complètement fâcheux.
Tout poison. Ne goûtez à rien ici. D'emblée,
Je vous dénonce, moi, cette flore endiablée.

Leur désignant les plantes çà et là.

Lycoperdon. Bolet, qui vous glace le sang.
Ce légume, qui semble un navet innocent,
C'est le tussilago, qu'on nomme aussi pied-d'âne [1] ;
C'est fort bon pour la toux, mais on en meurt. [– Me damne
Jupiter, si bientôt, en dépit du danger,

Regardant la statue.

À ta barbe, vieux saint, nous n'avons à manger !

Montrant la forêt à lord Slada et à lady Janet.

On m'aime ici. Je puis, du moins je le complote,
D'un lapin dévoué faire une gibelotte.
Je vais dire à ce bois : Mon camarade, il faut
Te mettre dans l'esprit que l'homme est un gerfaut [2].
L'homme est vorace. Il est amoureux, mais il dîne.
Donc permets qu'un pigeon devienne crapaudine [3].

---

1. Encore une énumération de divers végétaux. **2.** Rapace de l'espèce des faucons. **3.** « À la crapaudine » : manière d'accommoder les jeunes poulets et les pigeons.

Donne-nous quelque oiseau de bonne volonté ;
Pas trop maigre. Et ce bois intelligent, flatté
D'être utile, indulgent, car lui-même il fut jeune,
Fera ce qu'il pourra pour que l'amour déjeune.
– Ah ! qu'un verre de vin serait le bienvenu !
À jeun, moi j'ai l'esprit rêveur et saugrenu ;
Je bois un coup, l'erreur s'en va, le faux se brise.
Avez-vous remarqué cela ? le vin dégrise.
Laissez faire. Je vais chasser aux environs.
N'eussions-nous que des noix, mordieu ! nous mangerons.

LADY JANET

Cet homme m'a fait peur, mais il rit d'un bon rire.

LORD SLADA

Qu'es-tu ?

AÏROLO

Celui qui rôde. Un passant. Pour tout dire,
Je suis pour les humains ce que, pardonnons-leur,
En langage vulgaire ils nomment un voleur.

À lady Janet. *À lord Slada.*

Ô la plus belle ! ô sire aimable entre les sires !
Ayant un peu le temps de causer, vu les sbires
Qui nous guettent, je vais, pour charmer vos ennuis,
Vous dire de mon mieux qui je suis, si je puis.

Il se place entre eux deux et prend sous un de ses bras le bras de lord Slada et sous l'autre le bras de lady Janet.

Mes bons amis, il est deux hommes sur la terre :
Le roi, moi. Moi la tête, et lui le cimeterre[1].

---

1. Sorte de sabre.

Je pense, il frappe. Il règne, on le sert à genoux ;
Moi, j'erre dans les bois. Tout tremble autour de nous ;
Autour de moi c'est l'arbre, autour de lui c'est l'homme.
Le meilleur vin de Chypre emplit son vidercome[1] ;
Moi, je bois au ruisseau dans le creux de ma main.
Le roi fait toujours bien, moi toujours mal. Amen.
Lui couronné, moi pris, nous marchons en cortège ;
Chers, il vous persécute et moi je vous protège ;
Le prince est la médaille, et je suis le revers ;
Et nous sommes tous deux mangés des mêmes vers.
Peut-être en ma caverne on fait un meilleur somme
Que dans la sienne. Il est fort vulnérable, en somme ;
Il peut aussi finir par être échec et mat.
Le roi, c'est mon contraire. Ou bien mon grand format.
Je suis un conquérant de liards[2] dans les poches,
Mais j'ai l'honnêteté des bonnes vieilles roches ;
Je suis le va-nu-pieds, mais non pas l'aigrefin[3] ;
Je livre la bataille immense de la faim
Contre le superflu des autres. Qu'on me dise
Que j'ai tort si la faim devient la gourmandise,
D'accord, mais je suis maigre. Amis, j'habite aux champs,
Et je tiens compagnie aux arbres point méchants ;
Mon antre a la gaîté décente d'une cave.
Là je jeûne pendant que le moineau se gave,
La nature ayant tout prévu, l'homme excepté.
L'hiver, de droit je gèle, ayant sué l'été.
Près de moi la perdrix glousse, le mouton bêle ;
Car je suis un flâneur bien plutôt qu'un rebelle.
Parfois dans les genêts, comme moi sauvageons,
Je rencontre un passant, je lui dis : Partageons.

---

1. Grand verre. 2. Pièces de monnaie. 3. Homme indélicat.

Ta bourse ? – Je n'ai rien. – Alors prends mon pain.

À lady Janet avec un sourire.

Belle,
Absolvez-moi. Je vis dans la loi naturelle ;
Attentif après tout au chant des bois, bien plus
Qu'aux voyageurs passant avec des sacs joufflus.
Avril vient tous les ans me faire mon ménage.
Faut-il vous compléter mon portrait ? Braconnage,
C'est mon instinct. Pensif, je dédaigne de loin
Le juge, plus le prêtre ; et je n'ai pas besoin
De vos religions, je lis Dieu sans lunettes.
J'aime les rossignols et les bergeronnettes.
J'ignore si j'arrive et ne sais si je pars.
Parfois dans le zéphir [1], je me sens presque épars.
Amants, soyez un feu ; je suis une fumée.
Ma silhouette glisse et fond dans la ramée [2].
Dans les chaleurs, quand juin met à sec le torrent,
Au plus épais du bois je me glisse, espérant
Surprendre le sommeil divin des nymphes [3] lasses.
De vagues nudités au fond des clairs espaces
Que je verrais de loin, ou que je croirais voir,
Me suffiraient, l'amour ne valant pas l'espoir.
Je suis le néant, gai. Supposez une chose
Qui n'est pas, et qui rit ; c'est moi. Je me repose,
Et laisse le bon Dieu piocher. Dévotement,
J'écoute l'air, la pluie, et ce fier grondement
Des brutes dans les champs, de l'autan dans la nue [4],
Que la mer accompagne en basse continue ;

---

1. Vent doux. **2**. Branches entrelacées. **3**. Divinités féminines des fleuves, des bois et des montagnes. **4**. Du vent dans le ciel.

Le soir j'accroche un rêve à l'astre qui me luit,
Clou de la panoplie immense de la nuit.
Je songe, c'est beaucoup. Les fleurs, voilà mon faste.
Si quelque détail cloche en ce monde si vaste,
Je n'en triomphe point, tout en l'apercevant ;
Je subis les accès de colère du vent
Et la mauvaise humeur des saisons inégales
Avec la dignité modeste des cigales.
Des éléments bourrus nous sommes prisonniers.
Bien. Soit. Les quatre vents sont quatre chiffonniers
Portant le chaud, le froid, le beau temps, la tempête ;
Chacun vient nous vider sa hotte sur la tête.
Savez-vous que le vent doit beaucoup s'amuser ?
Quel coureur ! – Jamais pris, – chanter, – ne point s'user !
Ce serait là, je crois, ma vocation. Vivre
Là-haut, assourdissant d'une rumeur de cuivre
Le bon vieux genre humain, ce bipède dormant,
Être un bandit céleste errant au firmament,
Un esprit ouragan changeant cent fois de formes,
Faisant en plein azur des sottises énormes !
Ça m'irait. Mais qu'importe ! est-il rien de certain ?
Je n'ai jamais le soir mon avis du matin.
L'hésitation molle entre ses bras me porte.
Se contredire est doux. Je suis pour qu'une porte
Ne soit jamais ouverte ou fermée. À peu près
Est ma devise. Un lys me plaît, comme un cyprès.
Je ris avec le flot, et parfois dans la brume
Je pleure avec l'écueil que bat la vaste écume.
Pour l'homme, vivre, c'est désirer. J'ai donné
Ma démission, moi, le jour où je suis né.
Toute la question terrestre, c'est la femme.
Qui l'aura ? Vous ou moi ? Personne, et tous. Madame
Se rit de nous. Voyez, c'est un enchantement,

Une grâce, et chacun vise ce cœur charmant ;
Le bonheur, but réel, mais conquête impossible,
Est un concours d'archers dont la femme est la cible.
J'y renonce. Hélas ! l'homme a pour bien le péché.
Comme une sensitive, avant qu'il l'ait touché,
Il voit se dérober le bonheur contractile[1].
Dire au destin son fait, c'est beau, mais inutile ;
Je m'en prive. On s'escrime à deviner pourquoi
Le mal règne pendant que le bien se tient coi,
Et de ce pugilat avec la destinée
Notre logique sort fort contusionnée.
Moi, j'aime mieux grimper dans les arbres. J'aurais
Droit au titre de clown familier des forêts ;
Dans tous leurs casse-cous[2] j'exécute une danse.
Parfois aux moineaux francs je parle en confidence.
Je leur conte comment j'aurais fait si j'avais
Fait le monde, et que l'homme eût été moins mauvais.
Je reçois leurs bravos, j'accepte leurs huées,
Et je discute avec ces bavards des nuées.
Je leur dis mon système ; ils jasent en tout lieu ;
Et quelque chose en va peut-être jusqu'à Dieu,
Et c'est une façon de le mettre en demeure.
S'il m'écoute, il fera la vie un peu meilleure.
À présent croyez-vous mon métier lucratif ?
Point. Je ne suis de rien ici-bas le captif.
Voilà tout.

Jetant les yeux sur la végétation.

Passereaux, j'ai le même bocage

---

1. L'homme, avant même de l'éprouver, voit se dérober le bonheur fugitif, semblable à une sensitive (plante dont les feuilles se replient quand on la touche). **2**. Ici, endroits dangereux.

Que vous, et j'ai la même épouvante, la cage.

À lord Slada.

Mon patrimoine est mince. Errer dans les sentiers,
C'est là mon seul talent ; je plains mes héritiers.
Voyons, que laisserai-je après moi ?

Regardant autour de lui.

Cette dune,
Ces sapins, les roseaux, l'étang, le clair de lune,
La falaise où le flot mouille les goëmons,
La source dans les puits, la neige sur les monts,
Voilà tout ce que j'ai. Moi mort, si l'on défalque
De tout cela de quoi payer le catafalque [1],
Il reste peu de chose. – Ah ! je vaux bien les rois,
Car j'ai la liberté de rire au fond des bois.
Mon chez-moi c'est l'espace, et Rien est ma patrie.
Voyez-vous, la naissance est une loterie ;
Le hasard fourre au sac sa main, vous voilà né.
À ce tirage obscur la forêt m'a gagné.
Joli lot. C'est ainsi que, parmi la bruyère
Où Puck sert d'hippogriffe [2] à la fée écuyère,
Enfant et gnome [3], étant presque un faune [4], j'échus
Comme concitoyen aux vieux arbres fourchus.
Dans l'herbe, dans les fleurs de soleil pénétrées,
Dans le ciel bleu, dans l'air doré, j'ai mes entrées.
Sous mes yeux, tout s'épouse, et sans gêne on s'unit,
On s'accouple, le nid encourage le nid,

---

1. Décoration funèbre placée sur le cercueil. **2**. Puck est un personnage du *Songe d'une nuit d'été*. L'hippogriffe est un animal fabuleux, mi-cheval, mi-griffon. **3**. Nain difforme. **4**. Divinité champêtre, velue et cornue.

Et la fauve forêt manque d'hypocrisie.
Je suis l'âme sereine à qui Pan[1] s'associe.
Je suis tout seul, je suis tout nu, quel sort charmant !
Pourtant rien n'est complet. Vivre sans vêtement,
Sans maison, sans voisin, à l'état de nature,
Comme un lièvre orphelin cherchant sa nourriture,
En plein désert, ayant pour outils ses dix doigts,
Avec les animaux féroces, dans les bois,
Cela même a parfois ses côtés incommodes.
Mais, les oiseaux étant heureux, je suis leurs modes.
La divine rosée éparse est le cadeau
Que fait la fraîche aurore à ces gais buveurs d'eau.
J'en bois comme eux. Comme eux je m'en grise, et je [chante.
Mais j'aime aussi du vin l'extase trébuchante[2].
De temps en temps, je vais à la ville, en congé.
Quant à mes qualités, je suis très goinfre, et j'ai
Un comique grossier qui plaît aux basses classes.
Je le sais pour avoir hanté les populaces.
En somme, je médite, en regardant tantôt
Dans les ronces, par terre, et dans le ciel, là-haut ;
J'erre comme un chevreuil, comme un pinson je perche.
L'homme ayant égaré le bonheur, je le cherche.
Un jour, dans une rue, aux badauds, aux valets,
Un vieux pitre enseignait, entre deux gobelets,
La science, et j'en ai pu saisir au passage
Toute la quantité qu'il faut pour être sage.
Je m'en sers dans les bois. J'en trouve ici l'emploi.
Maintenant, que je sois traqué, mis hors la loi,
Par vos codes coiffés d'un sombre bonnet d'âne,

---

1. Dieu grec qui, ici, personnifie la nature. **2**. Celle que procure l'ivresse, qui fait trébucher.

Que j'escroque ma part de la céleste manne,
Possesseur de zéro, que j'en sois le voleur,
Ça fait rire. Je suis le pire et le meilleur.
Je suis l'homme d'en bas. Amis, c'est agréable.
Dieu, s'il n'était pas Dieu, voudrait être le Diable.
Je vois l'envers de tout. Que c'est risible, hélas !
Pourtant d'être épié par le guet je suis las.
Ce matin, le sentant dans l'ombre où je m'enfonce,
J'ai balayé ma roche, épousseté ma ronce,
Mis de l'ordre en mon trou que j'ai barricadé ;
Après quoi, serviteur ! je me suis évadé,
Et je prends comme vous cet asile pour gîte.
Mais sans plaisir.

LORD SLADA

Pourquoi ?

AÏROLO

Voir un mur, ça m'agite.

LORD SLADA, *montrant l'espace autour d'eux.*

C'est un beau lieu pourtant. L'horizon enflammé,
Les bois, la mer, le ciel...

AÏROLO

Ça sent le renfermé.
On est captif ici. Cette enceinte me fâche.
Protégé, mais coffré. Soit, le gibet me lâche,
Mais la prison me tient, moi l'homme hasardeux.
Entre deux objets laids, haïssables tous deux,
C'est pour le plus voisin que j'ai le plus de haine.
Après tout, j'aime autant la corde que la chaîne,
Et la mort que la geôle. Un nœud qui pend d'un clou,

Et qu'on serre une fois pour toutes à mon cou,
Me délivre d'un tas de choses que j'évite.
Cela dit, je m'en vais aux provisions.

Il enjambe le parapet.

Vite !

LADY JANET

Mais, monsieur, vous risquez d'être pris.

AÏROLO

Et pendu.

LADY JANET

Pendu !

AÏROLO

Tout à fait. – Mais cela vous est bien dû.
Vous êtes si charmants ! Vous me plaisez.

LORD SLADA

Non ! reste.

AÏROLO

Je vous rapporterai, couple frais et céleste,
Tout à l'heure de quoi continuer d'aimer.

Il saute par-dessus le parapet.

LADY JANET

Il part !

LORD SLADA

Il n'entend pas se laisser affamer.
C'est un bon diable. Il veut déjeuner.

LADY JANET

S'il s'en tire,
Tout sera bien.

LORD SLADA

Je puis maintenant te le dire,
Je me mourais de soif.

LADY JANET

Et moi de faim.

LORD SLADA

Des pas !
Viens.

Ils entrent dans l'espèce de porche-cellule à droite, lord Slada soulève les branches, lady Janet se baisse et passe, les branches retombent, ils disparaissent.

Entre Mess Tityrus, la sarbacane à la main, en guise de baguette de commandement. Il vient de l'escalier donnant sur la mer où il a accompagné le roi. Il fait de sa sarbacane un signe dans les massifs de verdure, comme s'il appelait quelqu'un.

Scène cinquième

MESS TITYRUS

Entre cette issue et la barque d'en bas,
Le roi fait sentinelle en conscience. Un dogue,
L'œil au guet, accroupi sur le seuil d'une églogue [1],
Tel est pour le moment ce prince, fils des preux.
Grincer des dents devant deux enfants amoureux,
Est-ce assez bête !

Il recommence l'appel de sa sarbacane. Paraît en dehors du parapet le connétable de l'île.

Or çà, monsieur le connétable,
C'est ici que du roi vous dresserez la table.
Sa Grâce y veut manger.

Le connétable salue et sort.

C'est un endroit charmant.
Avec deux affamés pour assaisonnement.
Sentir autrui souffrir, cela complète un rêve.
Il aura bien meilleur appétit si l'on crève
De faim auprès de lui.

Considérant le cloître.

Quel endroit langoureux !
Je ne suis pas pour lui, je ne suis pas pour eux ;
Je regarde. Le sort, fil obscur, se dévide.

1. Poème d'amour dont le cadre est champêtre, pastoral. Ce terme désigne l'idylle entre lady Janet et lord Slada et, par glissement de sens, l'endroit où elle se passe, au seuil duquel se trouve le roi.

Eux ils s'adoreront, pâles, l'estomac vide ;
Et lui se vengera des baisers en mangeant.
La volonté des rois soit faite ! En y songeant,
Je ris de ce réseau bizarre de caprices,
Crible à travers lequel ne passent que les vices.
Sans me risquer à rien vouloir ni souhaiter,
Je ne haïrais pas de voir se refléter,
Pour le plaisir des gens qui sont là, pour le nôtre,
Le supplice de l'un sur la face de l'autre,
Eux épris, lui gavé, s'enviant tour à tour,
Eux Tantales de faim, lui Tantale[1] d'amour !
Ce ne serait point mal comme spectacle.

Il écoute.

Il semble
Qu'un bruit perce à travers cette forêt qui tremble,
C'est peut-être le roi qui m'appelle.

Il sort par où il est entré.

On voit la tête d'Aïrolo surgir au-dessus du parapet, puis son buste. Il escalade le mur péniblement. Il porte un fardeau. C'est une femme évanouie, c'est Zineb.

---

1. Roi de Lydie condamné par Jupiter à souffrir éternellement de faim et de soif. On souffre du « supplice de Tantale » quand on est privé de ce qu'on désire et qu'on a pourtant à portée de main, comme c'est le cas du roi avec lady Janet.

Scène sixième

AÏROLO, ZINEB

AÏROLO, *il achève d'escalader l'enceinte.*

Hun !... ouf !... ah !...

Il arrive sur le parapet et y dépose la vieille immobile et inerte comme si elle était morte.

Ce bois est singulier, ma parole, on y va
Chercher une noisette, on rapporte une femme.
J'ai cueilli cette vieille. Elle est bien mûre, et l'âme
Ne tient guère à ce corps frêle, usé, transparent,
Et que je viens encor de fêler en courant.

Il franchit le parapet, et pose doucement Zineb à terre.

C'est la pauvre Zineb.

Il la considère essoufflé.

J'ai, sans que rien m'arrête,
Couru, pour la tirer des pattes de la bête
Qu'on appelle Justice.

Il la regarde avec une sorte de tendresse et d'admiration, puis il regarde la forêt.

Elle est l'âme d'ici.
Je la connais. Parfois, laissant là tout souci,
Nous voleurs, nous causons, nous nous donnons relâche,
Nous avons avec l'homme un rire aimable et lâche,
Nous nous chauffons les pieds au feu du chevrier [1],
Nous nous humanisons enfin, pour varier.

---

1. Gardien d'un troupeau de chèvres.

Elle, jamais. Elle a pour loi d'être à distance.
Elle tâche de voir dans l'invisible, et pense,
Et dédaigne. Jamais ce cœur ne s'asservit
Ni ne plia, depuis un siècle qu'elle vit.
Souvent son grand front blême argenté par la lune
M'est apparu. Son antre est là-bas. À la brune[1],
Et dès l'aube, elle va dans les rochers rôdant.
Nous ne nous parlons pas, sans nous fuir cependant,
Elle a je ne sais quoi, sous son voile de serge[2],
D'une mère farouche et d'une sombre vierge.
Quoique de même espèce, elle m'intimidait.
Elle est démon du bois dont je suis farfadet[3].

Il lui prend le bras et lui tâte le pouls.

Allons, revenez donc à vous, ma bonne femme.

Il laisse retomber la main de Zineb.

Je l'ai vue hier encor cueillir la jusquiame[4] ;
Étant sorcière, elle a cette herbe en amitié.
– Sur ma foi, tout à l'heure elle m'a fait pitié.
Comme on vous la traquait dans les routes tortues[5] !
Ils étaient tous armés de cent choses pointues,
L'archer, le paysan, le sergent, le truand ;
C'était comme un essaim de guêpes se ruant ;
Les mouches essayaient de prendre l'araignée.
Je l'ai dans le taillis brusquement empoignée,
Et, je ne sais comment j'ai fait, j'ai réussi
À la traîner, sans être aperçu, jusqu'ici.

---

1. Le soir. **2.** Tissu léger. **3.** Lutin vif et léger. **4.** Espèce d'herbe vénéneuse, qui peut servir de médicament. **5.** Sinueuses.

Il la regarde et prend entre son pouce et son index une mèche de ses longs cheveux gris.

À cet âge, la femme est d'attraits dépourvue.
– Je vois Zineb avec plaisir. – Au point de vue
De la luxure, elle est hideuse ; mais elle a
De la science autant que feu Campanella[1].

Il se penche à son oreille et l'appelle.

Hé ! Zineb !

Se redressant.

Elle s'est en route évanouie.

L'appelant de nouveau.

Zineb ! – A-t-elle encor la parole et l'ouïe ?

Considérant Zineb immobile.

Si ce qu'on dit est vrai, souvent tu chevauchas
Sur des balais, parmi les diables et les chats,
Et tu fus à minuit une stryge[2] dansante ;
Cela n'empêche pas que pour toi je ne sente
Considération distinguée, et respect.
Je connais un sabbat[3] plus que le tien abject,
C'est le monde.

Le bras de la sorcière bouge. Sa paupière se soulève.

Un soupir ! bon, elle se réveille.

Il se penche.

Hé bien, nous ouvrons donc les yeux, ma pauvre vieille.

---

1. Savant et philosophe (1568-1639), censé être mort (« feu ») au moment de l'intrigue. **2**. Sorte de vampire. **3**. Assemblée nocturne de sorciers présidée par Satan.

La sorcière se dresse lentement sur son séant, écarte ses cheveux gris de son front et de ses yeux, et le regarde.

ZINEB

Je te dois tout, mon fils.

AÏROLO

Oui, vous avez raison.
Sans moi, vous étiez prise, et marchiez en prison.
Vous me devez ce bien, le vrai trésor, en somme.
Le seul, la liberté.

ZINEB

Plus que cela, jeune homme.

AÏROLO

Plus que la liberté, dites-vous. Alors quoi ?
La vie ! au fait, c'est vrai.

ZINEB

Plus que cela.

AÏROLO

Ma foi,
Je commence à ne plus comprendre votre style.

ZINEB

Écoute, je te dois la mort sombre et tranquille.
Je te dois, dans ce bois, sous ces rameaux cléments,
Parmi ces rocs sacrés, mystérieux aimants,
Sous les ronces, au pied des chênes, sur la mousse,
Dans la sérénité de l'obscurité douce,
La mort comme les loups et comme les lions.
Je te dois, loin des peurs et des rébellions,

L'évanouissement dans la bonne nature.
Tu m'aplanis le seuil de l'extrême aventure.
Sans toi j'étais perdue, ami, prise par eux,
Et, mourante, jetée aux vivants monstrueux !
J'ai cent ans. Hier j'ai dit : Mon agonie est proche.
Ce matin, je m'étais mise sous une roche.
Nous autres ! les esprits et les bêtes des bois,
Nous voulons finir loin des rumeurs et des voix ;
Pour qui meurt, toute chose, excepté l'ombre, est fausse.
La salamandre creuse elle-même sa fosse,
La taupe va sous terre, et l'aigle encor plus loin,
Dans le nuage, et l'ours veut tomber sans témoin,
Et les tigres, rentrant leurs griffes sous leurs ventres,
Majestueusement meurent au fond des antres ;
Et quand on est leur femme, et leur sœur, on s'enfuit
Ainsi qu'eux, on se cache, et l'on rend à la nuit
Son âme, comme, après la bataille, l'épée.
Donc je me dérobais. Voir, par une échappée,
Le sinistre univers, de moins en moins vermeil,
Sentir qu'il devient rêve et qu'on devient sommeil,
Voir se superposer d'inconcevables voûtes,
Dans un tremblement triste et vague être aux écoutes,
Avoir, sans savoir où, ni comment, ni pourquoi,
La dilatation d'une fumée en soi,
C'est là mourir. L'horreur d'expirer vous étonne.
On craint d'être trop près de l'endroit où Dieu tonne.
En même temps on sent de la naissance. On croit,
Pendant qu'on s'amoindrit, comprendre qu'on s'accroît.
On distingue, en un lieu sans contour, un mélange
De soir et de matin, de suaire et de lange,
Les roses, ô terreur, qui vous boivent le sang,
Et le ciel qui vous prend votre âme, et l'on se sent
Finir d'une façon et commencer de l'autre.

L'esprit plane en la mort, la matière s'y vautre.
Cette fuite des chairs qui vous quittent et vont
Vers la terre vous laisse au cœur un froid profond.
Aujourd'hui, défaillante, et comprenant la chose,
Voulant sans trouble entrer dans la métempsychose [1],
Je m'étais enfouie en mon antre inconnu.
J'attendais le sommeil... le supplice est venu !
Des hommes, chiens hurlants, soudain m'ont découverte,
Et, comme au sanglier, dans la clairière verte,
Ils m'ont donné la chasse, et, hideux, inhumains,
M'ont poursuivie avec des pierres plein les mains,
Comme l'orage accable une barque échouée.
Oh ! le prolongement des haines, la huée !
C'est horrible. En ce bois, de toutes parts battu,
J'ai fui, terrifiée... – Oh ! te figures-tu,
Être saisie, avec d'affreux éclats de rire !
Ma chair vue à travers mes haillons qu'on déchire,
Et le bûcher, le prêtre, et le glas du beffroi,
Et tout ce pêle-mêle infâme autour de moi,
La foule m'insultant, les petits, les femelles,
Raillant ma nudité, ma maigreur, mes mamelles,
Ce sein qui fut jadis choisi par les démons
Pour allaiter des dieux terribles dans les monts !
Folle, à travers les rocs, les taillis, les ruelles,
Ensanglantant mes pieds aux broussailles cruelles,
J'ai fui... Tu m'as sauvée, et maintenant, ici,
Je vais mourir paisible et farouche, merci !
Tout commence et périt, puis ailleurs recommence.
Les flocons des vivants tombent en neige immense ;
La vie est une roue éternelle, et résout

---

1. Croyance selon laquelle les âmes passent d'un corps à l'autre, par exemple d'un homme à un animal. Zineb retourne à la nature.

La naissance de tout par le meurtre dc tout ;
L'oubli plein de tombeaux est sous le ciel plein d'astres.
Dieu, c'est le sphinx. Les bois, les monts, sont les pilastres [1],
Les porches et les tours du grand temple inconnu.
De fantôme masqué devenir spectre nu,
C'est là tout le destin, mon fils, de tous les hommes.
Buvez vos vins, parez vos fronts, comptez vos sommes,
Et mourez. Le puissant, roi dans la tombe encor,
Veut mourir avec bruit et pourrir dans de l'or.
Mais nous, nous les proscrits, animaux ou prophètes,
Dont les âmes de rêve et de stupeur sont faites,
Nous mourons autrement. Les êtres tels que moi
Ont pour dernier refuge et pour dernier effroi
La disparition gigantesque dans l'ombre.
J'entre dans l'infini, mon fils, je sors du nombre.
Bientôt je saurai tout, et ne verrai plus rien
Que lui. J'entends bruire un monde aérien.
Mon fils, à l'agonie il faut la solitude ;
L'âme tremblante prend sa dernière attitude ;
La rentrée au mystère est un suprême aveu ;
L'âme, qui se met nue en présence de Dieu
Et qui se sent par lui vue au fond de l'abîme,
A besoin d'être seule en sa honte sublime ;
Devant Dieu, sa beauté paraît, sa laideur fond ;
Il faut au dernier souffle un espace profond,
Le silence, nul pas, nul cri, nulle prunelle,
Une noirceur sans bruit, la nuée éternelle,
Un vide lumineux, ténébreux, ébloui,
L'homme absent, et le monde immense évanoui.
Cette auguste pudeur de la mort, tu l'abrites.
Sois béni.

1. Piliers.

Elle lui pose les mains sur le front.

AÏROLO, *souriant.*

C'est beaucoup pour mes faibles mérites.

ZINEB, *regardant autour d'elle les broussailles.*

Ce lieu plein de venins me plaît. Port souhaité !
Toute cette herbe, ami, c'est de l'éternité.
C'est de l'évasion. Les poisons sont nos frères.
Ils viennent au secours de nos pâles misères.
Mange une de ces fleurs tragiques de l'été,
Tu meurs. Te voilà libre.

AÏROLO, *à part.*

Une tasse de thé,
Sucrée et chaude, avec un nuage de crème,
Me plairait mieux.

ZINEB, *étendant les bras et respirant avec peine.*

Je sens venir l'instant suprême.

Elle aperçoit l'espèce de caveau bas du tombeau ruiné et vide à gauche. Elle s'y traîne. Aïrolo la soutient. Elle se couche dans le tas d'orties et de ciguës qui emplit l'enfoncement et qui le recouvre à demi. Sa voix faiblit de plus en plus.

Tu me mettras la robe odorante des houx
Et des joncs, sous ce mur que hantent les hiboux.

Elle ôte la plume qu'elle a dans ses cheveux. Elle jette un coup d'œil sur le déguenillement d'Aïrolo.

Des loques ! Aussi lui l'indigence l'affame.

AÏROLO

Loques. Le mot est dur pour mon linge, madame.
J'en conviens, mon costume a des trous, je le sens,
Qui laissent voir ma chair, mais aux endroits décents.

Zineb lui présente la plume qu'elle a retirée de sa coiffure.

ZINEB

Noue à présent ceci sur ton chapeau.

AÏROLO

Madame...

ZINEB

Cette plume magique est prise au héron-flamme,
Et fait vivre celui qui la porte, cent ans.

AÏROLO

Vous me faites cadeau de votre siècle.

ZINEB, *se soulevant.*

Attends.
Je veux te l'attacher moi-même.

Elle attache la plume au chapeau d'Aïrolo.

Ô mon fils, sache
Que ni le gibet, ni le bûcher, ni la hache,
Jusqu'au jour où cent ans auront passé sur toi,
Ne peuvent entamer ce talisman. Sa loi
C'est de te protéger toujours, quoi qu'il advienne.
Même pris, tu verras la gueule de l'hyène
Et la main du bourreau s'ouvrir pour te lâcher.
Tu te riras du roi, tu braveras l'archer.

Elle achève de fixer la plume et lui met le chapeau sur la tête.

Je fais un front sacré de ta tête proscrite.
Car cette plume est fée, ami, selon le rite
Suivi par Mahomet pour sa jument Borak [1].

AÏROLO, *à part.*

Elle surfait sans doute un peu son bric-à-brac.

ZINEB

Tout ce que je te dis, tu dois le croire.

AÏROLO

En masse.
Oui.

À part.

Rien n'afflige plus les gens qu'une grimace
Quand ils nous font cadeau, par grande affection,
D'un bibelot cueilli dans leur collection.

ZINEB

Ne crains plus les sergents...

AÏROLO

Je hais cette séquelle [2].

À part.

Mais, c'est égal, s'il est une chose à laquelle
Je ne croirai jamais, c'est à ce plumeau-là.

---

1. Mahomet serait monté au ciel juché sur la jument Borak. Selon une des sources de Hugo, il aurait eu pour fille une certaine Zineb. **2**. Suite de gens méprisables.

ZINEB, *montrant la plume.*

Nul malheur ne peut plus t'arriver. – Garde-la.
Les puissants sont forcés de prendre ta défense.
Tu dois vivre cent ans.

AÏROLO, *à part.*

Bon. Elle est en enfance.

À Zineb.

Pour l'homme la police et pour l'oiseau la glu,
C'est le danger.

ZINEB

Jamais avant le temps voulu.
Ce talisman te met à l'abri.

Elle retombe sur la dalle.

Je défaille.
Sous ma tête une pierre, à mes pieds la broussaille.

AÏROLO, *à part, lui arrangeant sous elle le tas de ronces et de gravats.*

Bordons-la.

ZINEB

Couvre-moi d'un suaire de fleurs.

Il jette des fleurs sur elle. Zineb continue, l'œil fixé dans la lumière, au-dessus de sa tête.

Je vais donc m'envoler ! je vais donc être ailleurs !
Oh ! je vais savourer, de moi-même maîtresse,
La fauve volupté de mourir, et l'ivresse,
Fils, d'aller allumer mon âme à ce flambeau

Qu'un bras tend à travers le mur noir du tombeau !
Grâce à toi, dans mon bois j'expire souveraine.
J'étais une vaincue, et je suis une reine.
Merci !

AÏROLO, *à part.*

C'est vrai, mourir à même la forêt,
C'est agréable. On a son lit d'herbes tout prêt.
Elle donne appétit de la mort, cette vieille.

ZINEB, *regardant l'aurore autour d'elle.*

En moi l'obscur trépas ; dehors l'aube vermeille.
Oh ! ce contraste est beau. Pourvu que, loin de tous,
J'agonise en repos. Il est grand, il m'est doux
De mourir en plein jour ; la nuit vient pour moi seule.
Ces vieux arbres en fleur embaument leur aïeule ;
J'amalgame à mes os la terre qui les fit ;
L'ensevelissement des feuilles me suffit ;
Je ne veux pas d'autre ombre et n'ai pas d'autre temple.
Je meurs, les yeux ouverts, dans ce que je contemple.
C'est bien, tout luit pendant que je me refroidis.
Et quand j'expirerai tout à l'heure, tandis
Que je me mêlerai doucement aux ténèbres,
Et que mes yeux, remplis d'embranchements funèbres,
Dans les obscurités prêtes à m'engloutir
Chercheront le chemin par où je dois partir,
Le zénith sera bleu, les roses seront belles,
Et les petits oiseaux fouilleront sous leurs ailes.
Il est bon que ce soit ainsi. Je vais finir
Avec l'étonnement d'aimer et de bénir.

À Aïrolo.

Sois béni. – J'ai vécu chouette, et meurs colombe.

Je suis heureuse, ami, du côté de la tombe.
Je voyais moins de ciel du temps que je vivais.
Je me sens morte, et tout s'éclaircit, et je vais
Voir grandir par degrés la formidable étoile.

Elle se lève debout, chancelante, appuyée au rocher.

Salut, ô mort ! Salut, profondeur ! Salut, voile !
Ce que tu caches plaît à mon sinistre amour.
Salut ! la mort est aigle, et la vie est vautour.
Salut, réalité, fantôme ! Viens, je t'aime
Pour ton deuil, pour ta cendre, et pour ton anathème,
Ô spectre, et pour l'éclipse énorme que tu fais.
Mort, je ne te crains pas. Loin de toi j'étouffais.
Salut ! Sans peur, vers moi, dans le blême empyrée,
Je regarde approcher ta main démesurée.
Salut dans les parfums, salut dans les chansons,
Salut dans les cités, les fleuves, les moissons,
Dans tout ce que tu mords, dans tout ce que tu ronges,
Et dans tous ces vivants dont tu feras des songes !
Tu vas me chuchoter l'ineffable secret.
J'étais sûre qu'un jour quelqu'un me le dirait.
Je m'étais accoudée au bord de la science.
J'attendais, imitant la morne patience
Des arbres, des buissons et des rochers muets.
Cent bourreaux accouraient dès que je remuais ;
Devant l'homme, par qui la création souffre,
Ma vie est une fuite, enfin j'arrive au gouffre !
J'arrive chez toi, Mort ! J'écoute, apercevant
Une dispersion de larves dans le vent,
Je me dresse, je vois l'ombre où rien ne s'anime,
Et la brume, et les plans inclinés de l'abîme,
Et le seuil pâle où tremble un souffle avant-coureur,
Spectre ! et j'entre joyeuse en cette immense horreur.

Tout vaut mieux que la vie. Adieu, terre.

Elle se recouche. À Aïrolo.

Des branches,
De l'herbe, des houx verts, des marguerites blanches.
Cache-moi.

Aïrolo la recouvre de verdure et de branches fleuries.

C'est bien. Va.

AÏROLO

Vous quitter ! non ! pardon...

ZINEB

Laisse-moi commencer l'éternel abandon,
Et, muette, épier l'arrivée invisible.
Va !

Elle pose sa tête sur la pierre qu'elle a pour oreiller, et ferme les yeux.

AÏROLO, *la considérant.*

C'est qu'elle se meurt pour de bon ! – Le possible,
Je l'ai fait.

Il achève de la couvrir d'herbes et de feuilles.

Retournons en chasse maintenant.

Se tournant du côté de Zineb.

Je crois bien la trouver défunte en revenant.
Hélas ! le moindre souffle éteint ces vieilles lampes.
Mes deux chers amoureux doivent avoir des crampes !

Rêveur.

Quand l'estomac trahit, l'amour est en danger.
Le cœur veut roucouler, le gésier veut manger.
Le cœur a ses bonheurs, l'estomac ses misères,
Et c'est une bataille entre ces deux viscères.
Lequel l'emportera ? L'estomac. Donc, tâchons
De leur venir en aide. Ah ! sous vos capuchons,
Moines, soyez maudits, vil troupeau, tas fossile,
De mettre au traquenard le masque de l'asile !

Regardant autour de lui.

Mais où diable sont-ils ?

Il se met à fureter dans la ruine. Arrivé au porche-cellule, qui est à droite, il écarte les branchages qui masquent l'ogive, et l'on voit comme dans une alcôve lord Slada et lady Janet couchés et endormis, l'un près de l'autre, sur un lit de fougère. Au-delà des deux endormis, on aperçoit l'autre issue du porche.

Dans ce caveau ! Dormant !

Regardant tour à tour Zineb à demi couverte de feuilles et les yeux fermés, et le couple assoupi.

Ah ! l'admirable effet de cet endroit calmant !
Ici l'on meurt. – Ici l'on dort. – La même chose.
Presque.

Considérant Zineb.

Pauvre chardon desséché !

Considérant lady Janet.

Pauvre rose !

S'approchant des deux amants.

Tout les menace. Ils n'ont que moi qui les défends.

Qui dort dîne. Ils font bien de dormir. Chers enfants,
À la réalité que l'oubli nous enlève !
Mangez de la chimère à la table du rêve.

Il entre en contemplation devant lady Janet.

Qu'elle est belle !

Se détournant.

Un moment, Aïrolo, mon cher !
Déconcerter les sens et chagriner la chair,
C'est la vertu.

La regardant avec un redoublement d'extase.

J'en suis incandescent. – Que n'ai-je
Le droit d'offrir un kiss[1] à ce biceps de neige !
Cupidons frissonnants que je refoule en moi,
Baisers dont je voudrais souvent trouver l'emploi,
Ce serait le moment de prendre la volée
Et de tourbillonner sur elle, ô troupe ailée !
Abeilles de mon cœur, comme vous bourdonnez !
Devant ces doux appas d'aurore illuminés,
Vous cherchez à sortir de votre ruche obscure.
Je sens confusément votre errante piqûre.

Indigné.

À la niche, appétits brutaux ! tout beau ! paix là !
En pareil cas, Bayard rougit, Joseph fila,
Scipion s'esquiva, ce grand consul de Rome[2].
En refusant la femme on prouve qu'on est homme.

---

1. Baiser (en anglais). **2**. Bayard, le chevalier qui servit notamment François Ier, Joseph, le personnage biblique, et le général romain Scipion l'Africain ont en commun d'avoir résisté à la satisfaction facile de leur sensualité.

Rêveur.

– Hun ? –

De plus en plus rêveur.

Est-ce bien cela qu'on prouve ? M'est avis
Qu'on prouve qu'on est neutre, et rien de plus. Je vis,
Donc toute la nature, y compris vous, mesdames,
Est à moi. – Non. – Oui. – Bah ! – Pstt ! – Éteignez-
[vous, flammes !

Il se redresse avec un geste pudique et négatif et se retourne vers le parapet.

Risquons-nous de nouveau dans ce bois. J'ai promis
De faire déjeuner ces anges endormis.
Quand je n'apporterais qu'un fruit, une châtaigne,
Un oignon ! Les oignons n'ont rien que je dédaigne.
L'oignon d'Égypte était le bon Dieu dans son temps [1].

Examinant la forêt.

Ce bois de plus en plus est plein d'archers guettants.
La police aux forêts donne de la vermine.
Au-dehors la potence, au-dedans la famine.
Tel est le choix.

Il enjambe à demi le mur et se gratte l'oreille.

Je puis être pendu ce soir...

Il ôte son chapeau et regarde la plume de héron.

Ô plume, je t'invite à faire ton devoir.
Sauve-moi. Mais elle a cent ans. Ces choses s'usent.

---

1. Allusion à certaines croyances des anciens Égyptiens, qui vénéraient des animaux ou des plantes, ou en faisaient le symbole de divinités.

Au bout d'un certain temps les talismans refusent
Le service... Oui, l'on croit qu'ils gardent votre peau,
On n'a qu'un vieux plumet grotesque à son chapeau.
– N'importe ! aventurons cette tête si chère [1].

Se tournant vers la cellule où sont couchés côte à côte lord Slada et lady Janet.

Je pars pour revenir, nous ferons grasse chère.
Comptez sur moi.

Aux deux amants.

Bonjour !

À la vieille.

Bonne nuit !

Saluant la statue du saint.

Je réponds
Du dîner !

Il ramène les branches sur l'ogive du porche démantelé, de façon à cacher complètement l'intérieur où sont les deux endormis.

Refermons les volets.

Il enjambe le parapet.

Décampons.

Il saute dehors et disparaît.

1. Cet hémistiche se retrouve dans plusieurs pièces de Corneille et de Racine. L'allusion est plaisante.

ACTE DEUXIÈME

LE TALISMAN

Même décor.

Entrent le connétable et des valets portant une table, des paniers de vin et de provisions, des vaisselles, etc., tout un en-cas royal.

Scène première

LE CONNÉTABLE, VALETS. ZINEB, *dans son caveau.*

UN VALET, *à un autre.*

Mais il faut exhausser la table, camarade.

L'AUTRE VALET, *montrant des gens qui portent un large plateau carré ayant trois marches des quatre côtés.*

Voici les trois degrés[1].

LE CONNÉTABLE

J'approuve cette estrade,
Il sied qu'un roi qui mange ait d'en bas pour témoins
Le reste des mortels qui mangent beaucoup moins.

Le connétable montre aux valets le massif à gauche en arrière du caveau surbaissé où Zineb est gisante.

Dressez la table prête en ce bosquet, de sorte
Qu'il suffira d'un mot du roi pour qu'on l'apporte.

Les valets entrent dans le massif et y disparaissent avec l'en-cas dont ils sont chargés ; deux seulement restent dehors.

Que nul n'approche.

Sort le connétable.

---

1. Marches.

UN DES VALETS, *allant au parapet de clôture et faisant signe à l'autre de venir.*

Hé !

DEUXIÈME VALET

Qu'est-ce ?

PREMIER VALET, *regardant dans la forêt.*

Il se passe en ce bois
Quelque chose...

Zineb, gisant sous la voûte basse, ouvre les yeux.

DEUXIÈME VALET

Quoi donc ?

PREMIER VALET

Quelqu'un est aux abois.

Zineb se soulève sur le coude et écoute.

DEUXIÈME VALET, *allant au parapet et regardant.*

Oui, je vois du tumulte.

PREMIER VALET

Est-ce un ours qu'on assomme ?

DEUXIÈME VALET

Est-ce un chevreuil qu'on cherche à prendre ?

PREMIER VALET

C'est un homme.

Zineb avance la tête.

Il court dans le hallier, il court dans le genêt.
Il est maigre.

DEUXIÈME VALET

Il est blond.

PREMIER VALET

Qu'a-t-il sur son bonnet ?

DEUXIÈME VALET

On dirait une plume.

PREMIER VALET

On dirait une flamme.
Qu'est-ce que cela ?

ZINEB, *se dressant sur son séant.*

Hein ?

DEUXIÈME VALET

Un pauvre cerf qui brame
N'est pas plus vivement traqué de toutes parts.

PREMIER VALET

Tout le guet de l'asile est à sa suite épars,
Ils sont vingt contre un.

DEUXIÈME VALET, *battant des mains.*

Bon ! Il court.

PREMIER VALET

Il n'est pas bête.
Comme il échappe !

DEUXIÈME VALET

On l'a !

Battant des mains et riant.

Sauvé !

S'interrompant.

Non.

PREMIER VALET

On l'arrête !

Il est pris !

Zineb se dégage des broussailles et se met en chancelant sur ses genoux.

Mon garçon, en vain tu te débats.

DEUXIÈME VALET

Pris !

PREMIER VALET

Ils vont l'aller pendre au gibet de là-bas.

DEUXIÈME VALET

Ils lui mettent la corde au cou.

Applaudissant.

Bon !

PREMIER VALET

Pauvre hère !

DEUXIÈME VALET

Un moine ! on le confesse.

PREMIER VALET

Un moine a l'art de faire

Blanc comme neige un gueux noir comme le charbon.

DEUXIÈME VALET

Ils attachent ses mains derrière son dos.

Applaudissant.

Bon !

PREMIER VALET

Ils le traînent vers nous.

DEUXIÈME VALET

On lui lit sa sentence.

PREMIER VALET

C'est ici le chemin qui mène à la potence.
Il faut qu'il passe là. Nous l'allons voir de près.

Zineb se dresse debout, échevelée, appuyée d'un bras à la voûte basse sous laquelle elle était couchée, et regardant par-dessus au fond du théâtre, sans être vue des valets qui regardent du même côté.

PREMIER VALET, *poussant le coude au second et regardant avec inquiétude du côté de la brèche du parapet. Bas.*

Prenons garde !

On voit déboucher par la brèche le roi. Les deux valets se hâtent de s'esquiver dans le fourré à gauche.

Entrent le roi et Mess Tityrus. Zineb, l'œil hagard et fixé dans la profondeur du bois, ne les voit pas. Le roi s'arrête, et la considère avec curiosité, puis avec étonnement, et frappe dans ses mains.

Scène deuxième

ZINEB, LE ROI, MESS TITYRUS

LE ROI, *à Mess Tityrus*

Zineb ! la vieille des forêts !
C'est elle ! c'est Zineb.

MESS TITYRUS

Zineb !

LE ROI

Certe !

MESS TITYRUS

Alors, sire,
Le tête-à-tête heureux que votre cœur désire,
Vous l'avez. Parlez-lui.

LE ROI

Je vais l'interroger.
Le sort est la maison sinistre du danger.
Zineb peut m'entr'ouvrir la porte condamnée.
Je veux qu'elle me dise un peu ma destinée.
Mon avenir, voilà ce que je veux savoir.

MESS TITYRUS

Vous êtes un pouvoir qui rencontre un pouvoir,
Ce sera curieux.

LE ROI

Elle a fui dans l'asile,

Elle aussi. Le hasard me sert.

Il fait un pas vers Zineb.

Hé ! vieille psylle[1] !

À Mess Tityrus.

Leur parler durement est le meilleur moyen.
Le démon ne répond qu'intimidé.

À Zineb qui ne semble pas le voir.

Fort bien !
Es-tu sourde ? sorcière en ruine ! masure[2] !
Tu te tais ! Je te vais faire prendre mesure
D'un brodequin[3] qui fait bavarder les muets.

Zineb se recouche sous la voûte, sans lui répondre et sans le regarder.

Les filles vont aux prés et cueillent des bleuets ;
Tu vas dans les tombeaux, toi, la voleuse d'âmes,
Et, parmi les rois noirs, parmi les sombres dames,
Tu rôdes dans l'horreur nocturne des sabbats.
Moi qui commande en haut à toi rampant en bas,
Je parle, et je t'adjure, ô monstre, et je t'ordonne
De répondre ! Sinon, infernale madone,
Crains ma colère ! on peut te saisir même ici !
Car l'église t'abhorre, affreux cœur endurci,
Stryge que le hibou cherche en son vol oblique !
Et souviens-toi qu'il est une place publique
Où les êtres à qui le démon s'accoupla
Sont traînés, tout souillés de leur crime, et que là,
À leur chair, à leur âme, à leur nudité noire,

---

1. Ici, sorcière. **2**. Par glissement de sens, vieille délabrée.
3. Instrument de torture.

On donne un chaudron d'huile ardente pour baignoire.
Tremble ! Répondras-tu ? dis !

ZINEB, *détournant la tête.*

Tu perds tes clameurs.
Tu ne peux rien pour moi ni contre moi. Je meurs.

LE ROI

Vieille, veux-tu de l'or ? Je suis riche.

ZINEB

Une morte
Est plus riche que toi.

LE ROI

Je suis puissant.

ZINEB

Qu'importe !

LE ROI

Je suis le roi.

ZINEB, *en sursaut.*

Le roi !

Elle se dresse sur son séant et le considère attentivement.

C'est le roi !

Au roi.

Tu venais
Chasser dans mes halliers, et je te reconnais.

Le regardant en face.

Roi, je ne te crains pas.

LE ROI, *bas à Mess Tityrus.*

Et moi, je la redoute.

ZINEB

Est-ce donc que tu veux me consulter ?

LE ROI

Sans doute.

ZINEB, *à part.*

Ah ! c'est le roi.

LE ROI

Veux-tu répondre ?

ZINEB

Oui, par pitié.

LE ROI

Pitié, soit. Connais-tu le destin ?

ZINEB

À moitié.

Se recueillant.

De tout je sais la fin et j'ignore la cause.
Roi, que veux-tu de moi ? dis.

LE ROI

Le vrai.

ZINEB

Peu de chose.
Le Vrai sur cette terre, obscure désormais,
S'est nommé tour à tour Ammon, Moïse, Hermès[1],
Puis il est mort.

LE ROI

Qu'es-tu pour le savoir ?

ZINEB

Sa veuve.
Qu'attends-tu de moi ? parle.

LE ROI

Avant tout, une épreuve.

À Mess Tityrus.

Je ne me livre pas légèrement, d'abord.

MESS TITYRUS

C'est sage.

Le roi fouille dans le carnier de Mess Tityrus, en retire le pigeon, et le présente à Zineb.

LE ROI

Que vois-tu, vieille, en cet oiseau mort ?

ZINEB, *considérant l'oiseau, entre ses dents, presque à voix basse, sans regarder le roi.*

« S'il touche à ton église, on touchera son trône. »

1. Dieux ou prophètes dans différentes cultures.

LE ROI, *reculant.*

Jamais pythie à Delphe, ou stryge à Babylone,
Ne fut plus formidable !

À Mess Tityrus.

Elle sait tout ! Je voi
L'esprit de cette femme entrouvert devant moi
Comme un gouffre. En ses yeux l'Inconnu semble luire... –

MESS TITYRUS

Chose qu'on ne peut trop admirer, pour produire
De tels effets, si nets, si clairs, si concluants,
Il suffit de hanter un peu les chats-huants.

LE ROI, *à Zineb.*

Ô monstre ! connais-tu mon avenir ?

ZINEB

Oui.

LE ROI

Psylle,
Dis-le-moi !

ZINEB

Je veux bien.

Le roi se penche vers elle avec anxiété et épouvante. Elle lui prend la main, et y regarde.

LE ROI

Parle !

ZINEB, *levant la tête.*

Lord de cette île,
Écoute.

LE ROI, *bas à Mess Tityrus.*

J'ai peur.

ZINEB

Roi !...

LE ROI, *à Mess Tityrus.*

Soutiens-la dans tes bras.

Mess Tityrus entoure Zineb de ses bras avec une sorte d'horreur. Le roi se penche sur Zineb qui examine de nouveau sa main.

Parle !

ZINEB, *laissant retomber la main du roi et le regardant fixement.*

Le premier homme, ô roi, que tu verras
Passer avec les mains derrière le dos, sire...

Sa voix, d'abord ferme, s'affaiblit.

LE ROI

Achève !

ZINEB

Tu vivras autant que lui. – J'expire. –
Quand cet homme mourra, tu mourras.

Mess Tityrus la laisse retomber. – D'une voix éteinte.

Oh ! partir !

C'est doux.

Elle meurt.

LE ROI, *pensif, à part.*

Qui meurt n'a pas d'intérêt à mentir.

MESS TITYRUS, *tâtant le cœur de Zineb.*

Sire, elle est morte.

LE ROI

Bien.

Montrant le cadavre.

Dehors ! et qu'on l'enterre !

Elle a parlé de force...

MESS TITYRUS

Elle voulait se taire...

LE ROI

Donc, c'est un oracle.

MESS TITYRUS

Oui.

LE ROI

Voici ce qu'elle a dit,
Car il ne faudrait pas que cela se perdît.
Elle en savait plus long que le pape de Rome.
Aide-moi. Pesons bien les mots. – Le premier homme
Que je verrai...

MESS TITYRUS

Que vous verrez...

LE ROI

... Ayant les mains
Derrière le dos...

MESS TITYRUS

Oui.

LE ROI

... Passer par les chemins,
Je vivrai juste autant que cet homme-là. Diable !
Et, lui mort, je mourrai. C'est irrémédiable.
Voilà mon sort fixé. Je n'y puis rien changer.
C'est dit. Le genre humain ne m'est plus étranger.
Je sens qu'un fil me lie à la sombre nature.

Se penchant sur Zineb morte.

C'était la prophétesse, et c'est la pourriture.
Ce que c'est que la mort ! Diable, ne mourons point.
Mais quel est donc cet homme à qui le sort me joint ?
J'ai peur. Après tout, vivre est notre vraie envie.
Vivre d'abord. S'il est question de la vie,
Tout est simplifié.

À Mess Tityrus.

Vois-tu, je m'aperçoi
Que ce qu'on aime, au fond, toujours, c'est d'abord soi.
On se croit amoureux, mon cher, on n'est que bête.
Voilà de la clarté subite ! Oui-da, ma tête,
Primo ; tout, femme, amour, recule au second plan.

Pourtant, ces étourneaux[1] dont je suis le milan[2],
Et sur qui j'ai les yeux fixés, il faut qu'ils meurent.

Il reste un moment absorbé, regardant Zineb.

Les sinistres frissons du sépulcre m'effleurent !
Viennent-ils – oh ! j'ai froid comme si j'étais nu –
De cette femme morte, ou de l'homme inconnu ?

Montrant Zineb.

Emportez donc cela !

Mess Tityrus fait un signe au-dehors. Entrent les deux valets. Ils prennent le cadavre, l'un par les pieds, l'autre par la tête, et l'emportent.

Rêveur.

Le premier homme...

Mess Tityrus, qui a accompagné jusqu'à la sortie les valets portant la morte, revient le long du parapet, et tout à coup s'arrête.

MESS TITYRUS, *regardant par-dessus le mur d'enceinte, du côté de la forêt.*

Oh ! diantre !

LE ROI

Quoi ?

MESS TITYRUS

Là, dans le ravin, mylord...

Le roi court au parapet, et regarde dans la même direction que Mess Tityrus.

---

1. Petits oiseaux ; renvoie aux deux amoureux. 2. Rapace.

LE ROI

Un cortège entre...

MESS TITYRUS

Menant un prisonnier...

LE ROI

Ça vient de ce côté.

MESS TITYRUS

Sire, de la façon dont il est garrotté...

LE ROI

C'est l'homme ! Il a les mains derrière le dos ! Juste !

MESS TITYRUS

Mêler cet être infâme à votre vie auguste,
De vous et de lui faire un même coup de dé,
C'est de la part de Dieu, sire, un sot procédé.

LE ROI

Pas d'astre à qui le sort ne jette de la cendre !

MESS TITYRUS

Vous n'avez pas longtemps à vivre ; on va le pendre.

LE ROI, *aux archers, par-dessus le parapet.*

Halte !

À Mess Tityrus.

Il a l'air robuste et solide.

MESS TITYRUS, *à part.*

Et rusé.

Haut.

Les soldats font la haie, et tout est disposé
Pour qu'on puisse arriver au gibet sans encombre.

Débouche un cortège de potence. Longue file d'archers, l'épée nue et le mousquet haut. Au milieu des archers, un homme, la corde au cou, les mains liées derrière le dos. C'est Aïrolo. Un moine est près de lui, qui porte un crucifix. On les voit tous à mi-corps par-dessus le parapet. Le cortège défile dans le chemin creux qui longe extérieurement l'enceinte de l'asile. Ces archers sont les mêmes qui escortaient le roi à son entrée. Aïrolo a la plume de héron à son chapeau.

LE ROI, *penché sur le mur d'enceinte et haussant la voix.*

Halte !

Le cortège s'arrête. Aïrolo se tourne vers le roi.

Scène troisième

LE ROI, MESS TITYRUS,
AÏROLO, LE CONNÉTABLE, LE CAPITAINE ARCHER,
ARCHERS, UN MOINE.

LE ROI, *à Aïrolo.*

Quel est le lieu de ta naissance ?

AÏROLO

L'ombre.

LE ROI

Je suis le roi. Quel est ton père ?

AÏROLO

Le malheur.

LE ROI

Ton nom ?

AÏROLO

Aïrolo.

LE ROI

Ton gagne-pain ?

AÏROLO

Voleur.

LE CONNÉTABLE, *au roi.*

Sire, nous l'allons pendre, et sans miséricorde.

À Aïrolo.

Marche, brigand !

LE ROI

Ôtez de son cou cette corde.
Détachez-le.

Les archers ôtent la corde du cou d'Aïrolo et lui délient les bras.

LE CONNÉTABLE

Mais quoi, sire !...

LE ROI, *à Aïrolo.*

Tombe à mes pieds,
Sacripant ! je te fais grâce.

AÏROLO

Vous m'ennuyez !

LE ROI

Comment !

AÏROLO

On vous connaît. Vous êtes une altesse
Faite de cruauté, mais avec petitesse.
Il vous plaît de jouer avec un patient,
Par petite bouchée, en vous rassasiant
Lentement, de sa peur, puis de son espérance,
Et votre volupté s'extrait de la souffrance ;
On cesse, on recommence, et vos bourreaux contents
Font durer le supplice et le plaisir longtemps.
Cette corde qui semble inerte sur le sable
Est un serpent, et saute au cou du misérable.

J'aime mieux en finir tout de suite. En avant !
Dès que j'aurais pris goût à me revoir vivant,
Vous me ressaisiriez. C'était une ironie,
Brute ! Et je referais les frais d'une agonie,
Et vous ririez ayant en réserve toujours
Le coup de griffe après la patte de velours.
Je vois sous vos douceurs votre haine qui grince.
Il ne me convient pas de vous divertir, prince,
Et d'être la souris quand vous êtes le chat.
Vite un ordre viendrait pour qu'on me raccrochât.
Allez au diable !

LE ROI

Il est fort difficile à vivre.

AÏROLO

On me pend, laissez-moi tranquille.

LE ROI

Est-il donc ivre ?

Avec un geste de colère.

Qu'on le pende ! Il est trop insolent.

S'arrêtant. À part.

Suis-je fou ?

Le même nœud coulant me serrerait le cou.

Il s'avance lentement sur le devant de la scène, pensif. Mess Tityrus, ironique, l'observe en arrière. Le roi se tourne vers lui. Il avance vers le roi. Les archers se sont rangés au fond du théâtre.

Mais me voilà tombé dans un fort joli gouffre !
Cet homme est sur mes reins la chemise de soufre[1].
Je ne puis l'arracher sans m'arracher la peau.
Que dis-je ? Il est la chair, et je suis l'oripeau.
Cette fange est ma glu. Ce maraud, quoi qu'on fasse,
Est le fond de mon sort, et j'en suis la surface :
Nous sommes, moi le prince et lui ce philistin[2],
On ne sait quel centaure[3] infâme du destin.
Je suis roi, j'ai l'épée, et le sceptre, et la robe ;
Ce gueux traîne à son pied son boulet, et mon globe.
Comment nous dépêtrer l'un de l'autre ? Il est roi,
Je suis esclave. Horreur ! je cesse d'être moi,
Je deviens lui. S'il a la jaunisse, le jaune,
C'est moi. Dans son gibet, je reconnais mon trône.
Je descends au cercueil s'il monte à l'échafaud.
Et le perdre de vue est impossible ; il faut
Le garder, être là s'il fait quelque imprudence,
Le ramasser s'il tombe, et l'éponger s'il danse,
Et l'étayer[4] s'il boit, et, de rage étouffant,
Veiller sur ce bandit comme sur mon enfant !
Ah ! que la destinée est donc une drôlesse !
Nul moyen de le faire obéir ; s'il se laisse
Mourir de faim, c'est moi qui pâtis, joug honteux !
En se cassant la patte, il me ferait boiteux.
Du même axe inconnu nous sommes les deux pôles.
Ce rustre est ma moitié. Je sens sur mes épaules
Ma tête chanceler s'il lui tombe un cheveu.
Je deviens l'oncle ; il est le coquin de neveu.

---

1. Les condamnés au bûcher devaient parfois revêtir une chemise enduite de soufre. **2**. Ici, être méprisable. **3**. Le roi et Aïrolo sont liés comme le cheval et l'homme dans l'être hybride qu'est le centaure. **4**. Soutenir.

S'il est égratigné, la peau me cuit. S'il tousse,
J'entends en moi le coq du sépulcre qui glousse.
Je maigris si le drôle a de mauvaises mœurs ;
S'il se blesse je saigne, et s'il crève je meurs.
Je suis son compagnon de chaîne.

Désespéré et rêvant.

Épouvantable !

Avec exécration.

Ah ! je voudrais pouvoir le lier sur la table
Du supplice et le faire écorcher vif ! J'aurais
Du plaisir à le voir pendu dans ces forêts
Ou broyé sous les pieds des chevaux dans l'étable !

À Aïrolo.

– Tiens, je te veux du bien. Vis !

AÏROLO, *à part.*

Le roi véritable
Veut que je vive ! Est-il possible ? Il doit avoir
Ses motifs. Mais lesquels ? Il subit un pouvoir
Qui le rend fou. Lequel ?

Haut, au roi.

Allez au diable.

LE ROI

Reste
Avec moi, tu me plais, et, quoique bien agreste [1],
Tu m'es fort agréable, ô rustre !

---

1. Fruste.

AÏROLO

Ah çà ! pourquoi ?

LE ROI

Mon cher...

AÏROLO

Me faites-vous grâce de bonne foi ?
Vous êtes chat. J'en doute.

LE ROI

Écoute.

AÏROLO, *à part.*

La chouette
Lâche le moineau ! c'est étrange.

LE ROI

Je souhaite
Que tu vives au moins jusqu'au siècle prochain.

AÏROLO, *à part.*

Serais-je un personnage extraordinaire ? hein ?
Que veut dire ceci ?

LE ROI

Sois heureux, je l'ordonne.
Vis longtemps. Vis cent ans !

AÏROLO, *à part.*

Cent ans !

Haut.

Roi...

LE ROI

Je te donne
Toutes les femmes.

AÏROLO

Bah ! c'est donc à vous ?

LE ROI

L'amour
Rend l'homme heureux.

AÏROLO

Mylord...

LE ROI

Je t'attache à ma cour.

AÏROLO

Dans votre cour ? Je hais les colliers.

LE ROI

Je te nomme
Chambellan. Je te fais seigneur et gentilhomme.

AÏROLO

Gentilhomme des bois et chambellan des loups,
C'est là ma seigneurie, et je suis un jaloux
Épris de la bruyère et de la belle étoile,
De la vague emportant en liberté la voile,

Et de la neige où sont les larges pas des ours,
Et, sire, je n'aurai jamais d'autres amours.

LE ROI, *à part.*

Quelle affreuse crapule ! Entre Janet, si belle,
Et lui, je choisirais pourtant lui, plutôt qu'elle.
Si cet homme de qui je dépends, s'envolait,
C'est cela qui serait sans remède. – Est-il laid !

À Aïrolo.

Vis, et reste avec moi.

À part.

Je suis dans sa tenaille.

AÏROLO

À la condition que...

LE ROI

J'accepte, canaille.

À part.

Une femme n'est rien. D'abord vivre. L'effroi,
C'est la tombe. Il me faut cet homme près de moi.

À Aïrolo.

Soyons amis.

AÏROLO

Pourquoi ?

LE ROI

Soyons inséparables.

AÏROLO

La puissance et l'ennui sont deux maux incurables.

LE ROI

Viens.

AÏROLO

Roi...

LE ROI

Tu seras riche.

AÏROLO

Être libre est meilleur.

LE ROI

Je te fais prince. Viens.

AÏROLO

Non. Faites-vous voleur.

LE ROI

Crûment ? Non. Je suis roi. Ça suffit. Vis, te dis-je.
Il le faut !

AÏROLO, *à part.*

Il le faut ? Hé ! je flaire un prodige.

LE ROI

Au moins cent ans.

AÏROLO, *à part.*

Cent ans !

Se frappant le front.

Quelle idée ! Ah çà mais,
Les dieux se cachent-ils parfois dans les plumets ?

Montrant la plume de héron à son bonnet.

Cette plume en effet est-elle vertueuse

Regardant à terre à ses pieds la corde qu'il avait au cou.

À ce point de te rompre, ô corde tortueuse !
Et, quand le roi se change en tigre à l'air plaintif,
Est-ce le talisman qui travaille ?

LE ROI, *lui prenant les mains.*

Captif,
Tes fers tombent, sois libre.

AÏROLO, *le repoussant.*

Au diable !

LE CONNÉTABLE, *au capitaine archer.*

Son altesse
Est trop bonne. Pendez ce drôle avec vitesse.
Il blasphème son prince, il insulte le roi !

LE ROI, *montrant le connétable.*

Pendez cet homme-ci.

LE CONNÉTABLE

Moi !

LE ROI

Toi.

LE CONNÉTABLE

Sire, pourquoi ?

LE ROI

Parce que.

Les soldats empoignent le connétable. Le moine lui présente le crucifix.

LE CONNÉTABLE

Mais...

LE ROI

Tais-toi. Je hais qu'on se lamente.

On emmène le connétable, accompagné du moine.

MESS TITYRUS, *bas au capitaine archer.*

J'arrangerai cela. Son altesse est clémente.
Gardez-le sous clef.

LE ROI, *à Aïrolo.*

Toi, vis longtemps.

AÏROLO, *à part.*

Que d'azur !
Ce brave talisman fait des siennes, bien sûr.
La clémence vraiment tourne à la platitude.
Tâtons l'obscur terrain où je marche. L'étude
En vaut la peine. Allons doucement, pas à pas,
Et sondons. Mais pourquoi ce plumet n'a-t-il pas
Sauvé Zineb ? C'est donc un talisman pour homme ?
Non. Elle avait cent ans, et le diable économe
N'accorde pas un jour de plus, probablement.

LE ROI, *à part, regardant Aïrolo.*

L'œil d'un gredin ! Buvons l'horreur d'être clément
Jusqu'à la lie.

AÏROLO, *à part.*

Il est bête, et d'un fort calibre.

LE ROI, *souriant à Aïrolo.*

Te voilà vivant.

AÏROLO

Soit.

LE ROI

Et libre.

AÏROLO

Suis-je libre ?
J'y consens.

LE ROI

Te voilà gentilhomme.

AÏROLO, *tâtant la plume à son bonnet.*

Huppé !

LE ROI, *à part.*

Je suis l'ânier poussif de cet âne échappé !
On dirait que c'est lui qui fait grâce. J'écume.

AÏROLO, *à part.*

Zineb m'a fait cadeau d'une fameuse plume !

LE ROI, *à part.*

Et dire qu'il faut plaire à ce vil caïman !

Haut.

Causons.

Avec un redoublement de sourire.

Dis-moi merci.

AÏROLO

Peuh !

À part.

Merci, talisman !

Au roi.

Moi, voyez-vous, je suis ingrat de ma nature.
Tout enfant, quand j'allais, picorant ma pâture,
J'étais, si les sergents me surprenaient, fouetté,
Battu, dans l'intérêt de la société ;
Eh bien, je n'étais pas reconnaissant.

LE ROI, *à part.*

Quelle oie !

AÏROLO

Vois-tu, mon roi, je vais te dire...

LE ROI, *à part.*

Il me tutoie !

Le roi exaspéré vient sur le devant du théâtre, crispant les poings. Mess Tityrus, pendant qu'il a le dos tourné, s'approche d'Aïrolo.

MESS TITYRUS, *bas à Aïrolo.*

Continue.

AÏROLO

Hein ?

MESS TITYRUS, *bas.*

Tu n'as rien à craindre. Va.

AÏROLO

Quoi ?

MESS TITYRUS, *bas.*

Il croit qu'il doit mourir en même temps que toi.

Baissant la voix de plus en plus.

C'est un renseignement.

AÏROLO

Merci, cher escogriffe.

À part.

Le talisman me rend fort clair ce logogriphe [1].

Montrant le roi.

C'est moi le chat. C'est lui la souris maintenant.
J'ai sur ce roi farouche un pouvoir étonnant.
Abusons-en.

LE ROI, *revenant à Aïrolo, caressant.*

Ami, je veux, sans plus attendre,

1. Énigme.

Te combler de biens.

AÏROLO

Bah !

LE ROI, *furieux.*

Bah ! – Je te ferai pendre !

AÏROLO

Je vous fais remarquer que votre majesté
Va d'un sujet à l'autre avec facilité.

MESS TITYRUS, *bas à Aïrolo.*

Tu ne peux pas mourir. Il faut qu'il t'en empêche.
Pendu, qu'il te détache, et, noyé, qu'il te pêche.

À part.

Ça m'amuse.

LE ROI, *à Aïrolo.*

Je veux ton bonheur.

AÏROLO

Ta ta ta !

LE ROI, *consterné.*

Ta ta ta !

MESS TITYRUS, *à part, se frottant les mains.*

Que le roi, qui si longtemps goûta
Du despotisme, goûte aujourd'hui du despote.

LE ROI, *à part.*

Il me bâtonne avec mon sceptre !

AÏROLO, *à part.*

Ainsi tout flotte.
Je règne.

LE ROI, *à part.*

À ce filou quel démon m'attela ?

Haut à Aïrolo.

Tu me braves !

AÏROLO, *avec modestie.*

Je fais de mon mieux pour cela.

LE ROI

Tu manques à ton roi !

AÏROLO

Jusque-là je m'élève.

LE ROI

Ah çà ! prétendrais-tu m'opprimer ?

AÏROLO, *aimable.*

C'est mon rêve.

LE ROI, *exaspéré, à part.*

Il est sauvage, inculte, absolument rugueux !
Je voudrais raccourcir ta vie, atroce gueux,
Et je me vois forcé d'y mettre une rallonge !

Haut, en souriant, à Aïrolo.

Je t'ai fait grâce, et j'ai sur toi passé l'éponge.
Sois libre !

À part.

Il me tient, comme un oiseau, dans son poing !
Ah !

Haut, avec un redoublement affectueux.

Vis longtemps !

AÏROLO

Pourquoi ? Je ne te cache point
Que je suis peu charmé d'exister. Est-ce étrange,
Moi, ce serf, ce banni, ce proscrit, qui ne mange
Que quelquefois, qui vis pâle et déguenillé,
Hagard comme une ville après qu'on a pillé,
Moi qui songe à la joie ainsi qu'à la chimère,
Moi damné quand j'étais au ventre de ma mère,
Moi qu'on pourchasse, moi qu'on maudit, moi qu'on bat,
Qui marche à l'abattoir tout en portant le bât,
Courbé sous tous les maux, triste rosse asservie,
Nu, saignant, je ne tiens pas du tout à la vie !
Je serais riche, beau, puissant, aimé, fêté,
Que je n'en serais pas vraiment plus dégoûté.
J'ai l'indigestion sans avoir eu l'orgie.
Hors de l'humanité, par vous autres régie,
Rôdant sur la lisière auprès de l'animal,
Espèce de vil pauvre en fuite dans le mal,
Moi qui noircis les bois que juin de fleurs émaille,
Sans nom, sans toit, sans feu ni lieu, ni sou ni maille [1],
Je me donne les airs d'avoir le spleen des lords !
Je compte un beau matin me tuer.

---

1. Petite monnaie de cuivre.

LE ROI, *à part.*

Mais alors...
Que dit-il ? Se tuer ! Grand Dieu !

Haut.

Songe à ta mère.

AÏROLO

J'en parlais tout à l'heure, et c'est ma joie amère
De lui dire : attends-moi ! Bien jeune, elle partit.
Ce qu'elle fit pour moi lorsque j'étais petit,
Je le rends à son ombre, et mon esprit retombe
Sans cesse à côté d'elle, et je berce sa tombe.
Dors, ma mère ! attends-moi, je me tuerai bientôt.

LE ROI, *à part.*

Mais cela ne fait pas mon affaire.

Haut.

Rustaud,

Maraud, croquant !

À part.

Mais non, pas d'injures. Le lâche !
Il faut que je le charme et non que je le fâche.

Haut.

Écoute. Le plaisir vient après la douleur.
Je suis un potentat[1].

1. Souverain qui exerce un pouvoir absolu.

AÏROLO

Moi, je suis un voleur.

LE ROI

On peut s'entendre. Allons ! du calme.

AÏROLO

Altesse, en somme,
Voir les mêmes humains toujours, cela m'assomme.

Il s'appuie familièrement sur l'épaule du roi.

Puisqu'ainsi nous voilà sous les chênes profonds
Tête à tête, moi gueux, vous roi, philosophons.
La vie est un bal triste où plus rien ne m'intrigue.
Dieu, l'avare qui fait semblant d'être prodigue,
Fait toujours resservir le même mois d'avril.
Je connais son décor. Vivre est bien puéril.
Nous avons les saisons, vous avez l'étiquette.
Partout la règle. Adam est bête. Ève est coquette.
Celui qui sait le mieux tirer parti des bois
A le bon lot. À bas les villes et les lois !
Si je n'étais voleur, je voudrais être singe.

Montrant les tombes.

Voyez ce cimetière et ces morts. Que de linge
Mis au sale ! À quoi bon avoir vécu ? Que sert
D'aller, d'aimer, d'agir ? Ce monde est un désert
Où le faux toujours s'offre, où le vrai toujours manque.
Vous me direz qu'on peut se faire saltimbanque,
Sans doute, et le plein air est le premier des biens ;
Mais il est fatigant de plaire aux citoyens.
Reste donc la forêt. Tenez, quoique je boude,
J'ai, moi, du genre humain fort peu senti le coude ;

Depuis trente ans, je dors sous l'orme et le tilleul,
Et je vis hors la loi dans la nature, et, seul,
J'erre à travers la grande hamadryade [1] verte.
Eh bien, je sens un joug. Mais la porte est ouverte.
La mort calomniée, oui, c'est la liberté !

LE ROI, *à part.*

Il est affreusement lugubre.

AÏROLO

Ma gaîté
Vient de ce que partout,

Montrant le bois.

si l'ennui vient me prendre,
Je vois la branche d'arbre où je pourrai me pendre.
Roi, même en la forêt, je me sens en prison.
Parfois je cherche à voir plus loin que l'horizon.
Je gravis une cime.

Il monte à un grand arbre qui donne sur le précipice.

LE ROI, *à part.*

Il grimpe à cet érable !
Ne va pas te casser, vaurien irréparable !

À Aïrolo.

Tu sais grimper, au moins ?

AÏROLO

Je tombe quelquefois.

---

1. Nymphe gardienne d'un arbre ; par glissement de sens, ici, la forêt.

LE ROI

Ciel ! – Viens !

AÏROLO, *regardant l'Océan.*

Le gouffre a beau faire sa grosse voix,
Il m'attire. Mourir est noir, vivre c'est pire.

LE ROI, *à Mess Tityrus.*

Si j'étais empereur, je donnerais l'empire
Pour voir cet animal hors de danger.

À Aïrolo.

Sais-tu
Que tout finit avec la vie, homme têtu !
Plus rien après ; néant ! Est-ce que tu te fies
À l'hypothèse Dieu ?

AÏROLO, *se berçant dans l'arbre au-dessus du précipice, pendant que le roi pousse des interjections de terreur.*

Roi, les philosophies
Ont fort malmené Dieu, disant oui, disant non ;
On s'est fort acharné sur ce vieux compagnon,
On a frappé d'estoc, on a frappé de taille [1].
Dieu fut laissé pour mort sur le champ de bataille.
Mais je le crois guéri. C'est pourquoi j'ai l'honneur
De vous le présenter comme vivant, seigneur.

LE ROI, *qui le suit des yeux avec angoisse dans son bercement.*

Eh bien, oui, mais descends. C'est très cassant, l'érable !

---

1. Respectivement, pointe (estoc) et tranchant (taille) de l'épée ; on a attaqué Dieu de toutes parts.

AÏROLO, *se balançant dans l'arbre,*
dont les branches crient.

Je le sais. Ici-bas est-il rien de durable ?

LE ROI

Descends, monstre !

AÏROLO

Monstre ! Eh ! vous ne me permettez
Aucune illusion sur mes difformités.

LE ROI

L'arbre va s'effondrer, ô ciel ! pour peu qu'il bouge !
Il s'est blessé ! Du sang ! qu'est-ce qu'il a de rouge ?

AÏROLO, *souriant.*

Une fleur.

Il montre une fleur qu'il vient de cueillir dans l'arbre.

LE ROI, *menaçant et suppliant.*

Descends donc ! Si tu crains Dieu, morbleu !
Tu dois craindre le roi. Le roi, c'est plus que Dieu !

AÏROLO

Dieu tonne, vous toussez. Voilà la différence.

LE ROI, *à part.*

Rustre !

Aïrolo saute à terre.

Il descend. Mon cœur renaît à l'espérance.

Aïrolo avise une des plantes qui tapissent la roche et en cueille une brindille où il y a quelques feuilles.

LE ROI, *à Mess Tityrus.*

Que fait-il ?

AÏROLO, *lui montrant les feuilles arrachées.*

Savez-vous qu'il suffit de mâcher
Cette plante qui pousse aux trous de ce rocher ?
C'est la mort. – La mort germe au milieu des cytises[1].

Tendant la plante au roi et désignant Mess Tityrus.

Essayez sur monsieur.

MESS TITYRUS

Eh là, pas de bêtises !

À part.

Diable ! Je suis sorti de la neutralité,
Ce fut une imprudence. Ouais, rentrons-y.

AÏROLO, *considérant la plante avec complaisance.*

L'été
Produit cela.

Le roi veut la lui prendre.

LE ROI

Voyons. Est-ce une véronique ?
Je suis très curieux de cette botanique.

AÏROLO, *touchant de ses lèvres la plante.*

Un coup de dent, c'est fait.

1. Plantes proches du genêt.

LE ROI, *tâchant de la saisir.*

Hé ! donne.

Aïrolo ne lui laisse pas prendre le brin d'herbe et le respire avec une sorte d'ivresse.

Il est hideux !
Il tire sur le fil qui nous suspend tous deux !
Il joue avec la mort ! La sienne, c'est la mienne !

AÏROLO

Notre âme est, monseigneur, une bohémienne,
Une coureuse. Elle a le goût du changement.
L'autre monde est-il beau, laid, gai, méchant, aimant ?
Je ne le connais pas ; aussi je le préfère.
J'ai de ce globe assez, et veux une autre sphère.
Ici j'ai froid l'hiver, et l'été j'ai trop chaud.
Je voudrais permuter avec un de là-haut.
Je désire goûter le foin d'une autre étable,
Aller voir si c'est grand et si c'est véritable,
Et j'ai la vague soif du ciel mystérieux.

Il continue d'aspirer amoureusement la plante.

LE ROI, *à part.*

Que vais-je devenir avec ce furieux ?

AÏROLO, *souriant.*

L'autre vie est pour moi comme une aube confuse...

LE ROI, *à part.*

Si je le faisais mettre aux fers ? – Bon ! s'il refuse
De manger ? – Il me tient, et je ne le tiens pas.

Haut.

Chassons ces visions de tombe et de trépas.

Il lui arrache la plante des mains.

Voyons, raisonne !

AÏROLO

Ennuis pesants, plaisirs fugaces !

LE ROI

Vivre, ami, c'est jouir de tout.

AÏROLO

Roi, tu m'agaces.
Je me tuerai. Coupons le chapitre final.
Dieu, pour utiliser le confessionnal,
Inventa le péché. Donc ma faute est sa faute.
Ne pouvant m'expliquer ce monde, je m'en ôte.
En quatre mots, je hais la vie. Homme ! *ad astra*[1] !

LE ROI, *à part.*

C'est un horrible fou qui m'assassinera.

AÏROLO

Voilà, sire.

LE ROI, *à part.*

Épions quelque moment lucide.

---

1. Aux astres ! (en latin).

Aïrolo monte sur le parapet et mesure de l'œil le précipice.

AÏROLO

Quel beau plongeon d'ici dans la mer !

LE ROI

Régicide !

AÏROLO

Hein ?

Le roi se jette sur Aïrolo, l'empoigne au collet et l'arrache du parapet.

LE ROI, *tendrement.*

Mourir est affreux. Vis, cher Aïrolo.
Songe à la profondeur effroyable de l'eau,
Au refroidissement de la tombe lugubre,
À l'horreur d'être spectre ! Ami, l'air est salubre,
Le soleil luit, le nid éclôt dans le buisson,
Tout est riant. Pourquoi mourir ? Sois bon garçon.

À part.

Ah ! quelle mine atroce ! et je suis dans sa serre !

Haut, avec charme et caresse.

Je veux transfigurer en splendeur ta misère.
Mes jours ne me sont pas plus sacrés que les tiens.

AÏROLO

Bah !

LE ROI

Si tu mourais, oui, je mourrais !

AÏROLO

Tiens ! tiens ! tiens !

À part, en riant.

Le sortilège au roi donne cette berlue.

LE ROI

Vis ! je le veux. Vivons ! c'est chose résolue.
Tu dois avoir beaucoup de talents. Moi le roi,
Non, non, je ne veux pas qu'un homme tel que toi,
Qu'un homme nécessaire à ses semblables, meure.
Quand j'ai vu ton visage honnête tout à l'heure,
Je ne sais quel éclair devant mes yeux passa,
Que te dire ? ton roi t'aime !

AÏROLO

C'est comme ça ?
Eh bien alors, j'ai faim !

Il s'assoit sur une pierre.

Qu'on me dresse une table
Copieuse, insensée, aimable, délectable.
Je veux manger. Manger énormément.

LE ROI

Bravo !
Mangeons. À la bonne heure !

AÏROLO

Ayez du bœuf, du veau,
Du mouton, du chapon, tout l'idéal !

LE ROI

J'abonde !

AÏROLO, *aux soldats, aux valets et aux courtisans au fond du théâtre.*

Servez !

Le roi leur fait signe d'obéir.

AÏROLO

Que le gibier, peuplade vagabonde,
S'abatte tout rôti dans des assiettes d'or !
Donnez tous vos oiseaux, de la grive au condor,
De quoi faire au seigneur Polyphème[1] une tourte,
Bois où j'ai vu courir Diane en jupe courte !
Que les monstres exquis nageant au gouffre amer
Viennent, et pour la sauce abandonnent la mer !
Qu'un vin pur fasse fête aux poulardes friandes !
Et que de cet amas de fricots et de viandes,
Du chaudron qui les bout, du fourneau qui les cuit,
Il sorte une fumée assez épaisse, ô nuit,
Pour aller dans le ciel rougir les yeux des astres !

Au roi.

Vous n'épargnerez point les doublons et les piastres
Pour m'offrir dès ce soir un festin réussi.

LE ROI

Voilà ce que j'appelle un bon vivant ! Merci !
Accepte en attendant cet en-cas.

Les valets poussent du fond du massif sur le théâtre une grande estrade roulante exhaussée de trois degrés et portant une table. L'estrade occupe et masque une partie

---

1. Cyclope dont Ulysse creva l'œil pour fuir de l'antre où il était prisonnier.

du fond du théâtre, et touche d'un côté au porche à double issue qui est à droite. Nappe de guipure[1] *à la table, tapis de velours à l'estrade. La table est magnifiquement servie. Vaisselle plate, aiguières*[2] *d'or et d'argent, cristaux, pâtés, jambons, faisans, paons avec leurs queues, flacons et bouteilles. En même temps, entre une troupe de musiciens de la chambre du roi, qui se rangent avec leurs instruments derrière la table.*

AÏROLO, *regardant la table.*

Pauvre.

LE ROI

Écoute,
Je t'aime. Sois goulu. Vivons ! Mange.

AÏROLO, *à part.*

Et toi, broute.
Il est domestiqué supérieurement.

Les valets apportent sur l'estrade un fauteuil pour le roi, et un tabouret qu'ils placent devant la table.

LE ROI

Vivons cent ans !

AÏROLO, *à part.*

Cent ans ! Scénario charmant.
Mon roi devient mon groom. Je lui plais. Il frissonne
De tendresse devant mon exquise personne.

---

1. Dentelle. 2. Carafes pour l'eau.

J'ai pour lui des rayons mêlés à mes cheveux.
Je puis évidemment faire ce que je veux.
Je suis Bacchus. Je mène un léopard en laisse,
N'hésitons pas.

Il monte sur l'estrade et s'assied sur le fauteuil royal.

LE ROI, *à part.*

Il prend le fauteuil, et me laisse
Le tabouret ! – C'est trop ! faisons-le pendre !

Il ramasse la corde à terre. Aïrolo l'observe. Le roi rêve.

Oui !

Il laisse retomber la corde.

Non !

Sourire d'Aïrolo.

Qui me décollera de ce vil compagnon ?

À Aïrolo, riant avec rage et faisant le geste d'en prendre son parti.

Prends place à mes côtés à ma table ! Autant rire.
Je t'invite.

AÏROLO, *se levant et saluant le roi.*

Pardon. J'ai mes invités, sire.

LE ROI

Ses invités !

AÏROLO, *frappant du pied trois coups sur l'estrade.*
Au peuple.

Bourgeois, je frappe les trois coups.

Ouvrez l'énormité de vos oreilles tous.
Manants, et vous, soldats, chers assassins, silence !
Je parle au nom du roi. Je lui fais violence
En répandant le jour, du haut de ce buffet,
Sur le tas d'actions excellentes qu'il fait.
Aujourd'hui la vertu qu'il montre est belle, immense,
Neuve, et n'a pas encor servi ; c'est la clémence.
Ce bon roi nous gardait cette surprise. Il veut
L'amnistie. Ainsi luit le soleil quand il pleut.
Il m'a sauvé. Je suis en tête de sa liste.
Et cependant, étant fort spiritualiste,
Ça dérangeait mes plans de remordre au pain noir
De l'homme, et je voulais souper chez Dieu ce soir.
Mais bah ! Vivons. Ayons les pieds chauds, l'esprit libre,
Le cœur tendre ; il fait beau, l'eau frissonne, l'air vibre,
Le bois chante, le ciel dans les feuillages verts
Brille. Et sur ce, laquais, ajoutez deux couverts.

Les laquais apportent deux chaises près du fauteuil.

LE ROI

Que signifie ?

AÏROLO

Attends. J'ai ma boîte à surprises
Aussi moi.

Aïrolo descend les marches de l'estrade en arrière de la table. Le roi étonné le suit des yeux. Aïrolo disparaît du côté du porche couvert de lierre et dont on ne voit pas l'intérieur. Pantomime stupéfaite du roi. Aïrolo reparaît entre lord Slada et lady Janet. Lord Slada et lady Janet, encore à demi endormis, pâles, défaillants, les yeux noyés de rêve et de sommeil, appuient chacun de son côté la tête sur une épaule d'Aïrolo. Ils suivent ses mouvements machinalement et presque sans rien voir. Il les fait monter avec lui tout chancelants sur l'estrade.

LE ROI

Ciel !

Scène quatrième

LES MÊMES, LORD SLADA, LADY JANET

AÏROLO, *montrant au roi lady Janet, et souriant.*

Vénus, dans les flots et les brises,
Ne s'offrit pas plus belle aux tritons[1] éblouis.

À part.

Je suis un ramasseur de gens évanouis.
Tout à l'heure la vieille. À présent ce beau couple.

À l'orchestre.

La musique !

Fanfare.

LE ROI, *crispant les poings.*

Traître ! ah !

AÏROLO, *s'extasiant sur lady Janet.*

Teint de lys, taille souple.

Au roi.

J'en suis fort amoureux aussi.

À lord Slada et à lady Janet.

Chers endormis,

Réveillez-vous.

---

1. Descendants du dieu de la mer Triton, qui personnifient les flots.

Stupeur des deux amants. Ils ouvrent les yeux et semblent regarder sans comprendre.

Voici le déjeuner promis.
Je n'ai pu dans le bois trouver que ça.

Il montre la table.

LORD SLADA

Quel songe !

LADY JANET

C'est lui ! c'est notre ami !

AÏROLO

Hors moi, tout est mensonge.
Déjeunons. – Commencez par vous donner un kiss
Correctement.

Les deux amants s'embrassent éperdument.

C'est fait. – Mangeons.

Il les fait asseoir. Les deux amants se mettent à manger avec avidité. Aïrolo leur découpe les viandes et leur verse à boire. Gestes exaspérés du roi.

Clarets[1], wiskys.
Anges, je vous invite au gueuleton du sacre.

Au roi.

Si tu dis un seul mot, mon roi, je me massacre.

Il prend un couteau et s'en appuie la pointe sur la poitrine.

---

1. Vins de Bordeaux.

LE ROI

Ne bouge pas !

AÏROLO, *versant à boire et découpant tout en mangeant lui-même. À lady Janet.*

Mangez.

À lord Slada.

Buvez.

LE ROI, *étouffant de colère, à part.*

Le châtier
M'enivrerait.

Haut, à Aïrolo.

Bandit ! filou ! banqueroutier !

AÏROLO, *au roi,*
lui offrant ce qu'il vient de découper.

Une aile ?

LE ROI

C'est trop fort ! ce fat, cette impudique,
Dévorent devant moi ma soupe ! – Alors j'abdique !
Autant dire cela.

AÏROLO, *frappant dans ses mains.*

C'est une idée. Eh bien !
Abdiquons. Sapristi ! faisons ça, citoyen.

Au peuple.

Peuple ! ce roi parfait n'est point chiche et modique
Dans ses bontés. Il veut vous combler. Il abdique !

Acclamations du peuple.

LE ROI

Mais non ! j'ai dit cela pour rire !

LE PEUPLE

Hurrah !

Réclamations du roi. Aïrolo descend de l'estrade, et va au roi.

AÏROLO

Trop tard.

LE PEUPLE

Hurrah !

AÏROLO

L'on prend toujours au mot un roi qui part.

LE PEUPLE

Vive le roi Slada !

Enthousiasme autour de lord Slada et de Janet, qui saluent. Fanfares. Les soldats baissent leurs hallebardes. Tityrus prête serment.

AÏROLO, *au roi.*

C'est fini.

LE PEUPLE, *au roi.*

Bravo, sire !

LE ROI, *à Aïrolo.*

Mais ils m'aiment !

AÏROLO

Tombé. – N'allez pas vous dédire,
Ils vous assommeraient.

LE ROI

Tu crois ?

AÏROLO

J'en ai l'espoir.

À part.

Un roi, comme ça casse aisément !

LE ROI

Il faut voir !
Mais mon autorité ?

AÏROLO

Zeste[1] !

LE ROI

Mais ma vengeance ?

AÏROLO

Pstt !

Acclamations frénétiques du peuple et des soldats autour de lord Slada et de lady Janet. Le roi s'affaisse éperdu. Aïrolo lui montre la forêt.

Si vous vous sauvez, vous aurez de la chance.

---

1. Ici, bagatelle.

Les hurrahs redoublent. Aïrolo se tourne vers lord Slada et lady Janet.

Vous, vous allez régner à votre tour. Enfin,
Soit. Mais souvenez-vous que vous avez eu faim.

Fini le 27 avril 1867.

Chronologie

1802 Naissance de Victor Hugo le 26 février à Besançon.
Concordat.

1804 Premier Empire. Code civil.

1814 Première Restauration.

1815 Défaite de Waterloo. Seconde Restauration.

1822 Épouse Adèle Foucher.
Indépendance de la Grèce, répression turque, massacres.

1827 *Préface* de *Cromwell.*
Ducange : *Trente ans ou la Vie d'un joueur.*

1829 *Les Orientales, Le Dernier Jour d'un condamné, Marion de Lorme* (censuré).
Dumas : *Henri III et sa cour.*

1830 Bataille d'*Hernani.*
Stendhal : *Le Rouge et le Noir.*
Révolution. Monarchie de Juillet.

1831 *Notre-Dame de Paris, Les Feuilles d'automne.*
Delacroix : *La Liberté guidant le peuple.*

Révolte des canuts à Lyon.

1832 *Le roi s'amuse* interdit.
Nodier : *La Fée aux miettes.*
Essais de la première locomotive.
Choléra à Paris.

1833 Rencontre Juliette Drouet.
Lucrèce Borgia, Marie Tudor.
Balzac : *Eugénie Grandet.*

1834 *Claude Gueux.*
Musset : *Lorenzaccio.*
Insurrections à Paris et à Lyon.

1838 *Ruy Blas.*
Dickens : *Oliver Twist.*

1840 *Les Rayons et les Ombres.*
Scribe : *Le Verre d'eau.*
Transfert des cendres de Napoléon aux Invalides.

1841 Élu à l'Académie française.

1843 Mort de sa fille Léopoldine.
Morse : le télégraphe électrique.

1845 Nommé pair de France.
Mérimée : *Carmen.*

1848 Révolution de Février. Seconde République.
Refuse le ministère de l'Instruction publique.
Élu à la Constituante.
Répression des émeutes ouvrières de juin.
Discours sur la liberté de la presse.
Soutient Louis-Napoléon Bonaparte.
Chateaubriand : début de la publication des

Mémoires d'outre-tombe. Marx et Engels : *Manifeste du parti communiste.*
Louis-Napoléon Bonaparte élu président de la République.

1849 Élu à l'Assemblée législative.
Courbet : *Un enterrement à Ornans.*
Loi répressive sur la presse.

1850 *Discours sur la liberté de l'enseignement.*
Loi électorale excluant les pauvres et les marginaux.

1851 Discours à l'Assemblée contre la révision de la constitution.
Interdiction des cours de Michelet au Collège de France.
Labiche : *Un chapeau de paille d'Italie.*
2 décembre : coup d'État de Louis-Napoléon Bonaparte.
Participe au Comité de résistance ; recherché, s'exile à Bruxelles.

1852 Quitte la Belgique pour Jersey. *Napoléon-le Petit.*
Marx : *Le Dix-huit Brumaire de Louis Bonaparte.*
Second Empire.

1853 *Châtiments.*
Invention de l'aspirine.

1855 Installation à Guernesey.
Nerval : *Aurélia.*

1856 *Les Contemplations.*

Découverte du premier fossile de l'homme de Néanderthal.

1857 Flaubert : *Madame Bovary*.
Baudelaire : *Les Fleurs du Mal*.

1859 Décret d'amnistie des condamnés politiques.
La Légende des siècles (Ire série). Refuse l'amnistie.
Darwin : *De l'origine des espèces*.

1862 *Les Misérables*.
Manet : *Le Déjeuner sur l'herbe*.

1864 *William Shakespeare*.
Verne : *Voyage au centre de la Terre*.
Ire Internationale.

1865 *Chansons des rues et des bois*.
Invention du vélocipède.
États-Unis : abolition de l'esclavage (Lincoln).

1866 *Les Travailleurs de la mer*.
Verlaine : *Poèmes saturniens*.

1867 Reprise d'*Hernani* à la Comédie-Française.
Rédaction de *Mangeront-ils ?*.
Marx : Livre I du *Capital*.
Empire « libéral ».

1869 *L'homme qui rit*.
Lautréamont : *Les Chants de Maldoror*.
Inauguration du canal de Suez.
En Allemagne, fondation d'un « Parti ouvrier social-démocrate ».

1870 Défaite de Sedan. La Troisième République est proclamée.

Retour en France.
Zola, Maupassant... : *Les Soirées de Médan*.

1871 Commune de Paris.
Rimbaud : « Lettre du voyant » et « Le Bateau ivre ».

1874 *Quatrevingt-treize.*
Monet : *Impression, soleil levant.*

1875 Bell : première transmission téléphonique.

1877 Nouvelle série de *La Légende des siècles*.

1880 Rodin, *Le Penseur*.
Premières lois scolaires de Jules Ferry.

1881 *Les Quatre Vents de l'Esprit*.

1885 Mort de Victor Hugo.
Zola : *Germinal*.

1886 *Mangeront-ils ?* publié dans le *Théâtre en liberté*.

1907 Création de *Mangeront-ils ?*.

Éléments de bibliographie

Éditions

HUGO (Victor), *Théâtre en liberté*, édition d'A. Laster, Gallimard, « Folio classique », 2002.

HUGO (Victor), *Mangeront-ils ?*, édition critique par R. Journet et G. Robert, Flammarion, 1970.

Biographies

HOVASSE (Jean-Marc), *Victor Hugo*, Fayard, 2001.

ROSA (Annette), *Victor Hugo. L'éclat d'un siècle*, Messidor / La Farandole, 1985. Accessible sur http://groupugo.div.jussieu.fr

Sur Victor Hugo et sur son théâtre

GOHIN (Yves), *Victor Hugo*, PUF, « Que sais-je ? », 1987.

ROSA (Guy) et UBERSFELD (Anne), article « Hugo », *Dictionnaire des littératures de langue française*, sous la dir. de J.-P. de Beaumarchais, D. Couty, A. Rey, Bordas, 1994.

UBERSFELD (Anne), *Le Roi et le Bouffon*, José Corti, 1974, rééd. 2002.

UBERSFELD (Anne), *Victor Hugo et le théâtre*, Le Livre de Poche, 2002.

Voir des étoiles. Le théâtre de Hugo mis en scène, catalogue de l'exposition de la Maison Victor Hugo, sous la dir. de D. Molinari et O. Blanchette, Paris-Musée, Actes-Sud, 2002.

Ouvrages sur le théâtre romantique

NAUGRETTE (Florence), *Le Théâtre romantique. Histoire, écriture, mise en scène*, Seuil, 2001.

UBERSFELD (Anne), *Le Drame romantique*, Belin, 1993.

Études sur le « Théâtre en liberté » et sur « Mangeront-ils ? »

CHELEBOURG (Christian), « "Toute la question terrestre..." L'écriture et la femme dans le théâtre hugolien de l'exil », *Hugo et la chimère*, *Recherches et travaux*, Université Stendhal, Grenoble, 2003.

GOHIN (Yves), « Histoire d'un ourson. *L'homme qui rit* et *Mangeront-ils ?* » dans « *L'homme qui rit* » *ou la parole monstre de Victor Hugo*, SEDES, 1985.

LASTER (Arnaud), « Le *Théâtre en liberté* selon Victor Hugo », *Comédie-Française,* janvier 1990.

MAURICE (Jean), « Langue et signes du Moyen Âge dans *Mangeront-ils ?* et *Welf, castellan d'Osbor* », *Actes du colloque de Cerisy « Hugo et la langue »*, textes réunis par G. Rosa et F. Naugrette, Bréal, 2004.

RIFFATERRE (Michael), « Un exemple de comédie symboliste chez Victor Hugo (*Mangeront-ils ?*, 1867) », *L'Esprit créateur,* Bâton Rouge, Louisiane, 05, 1965.

ROSA Guy, « Vers brisés, comédies cassées. Sur l'emploi du vers dans le "second théâtre" de Hugo », *Revue d'histoire du théâtre*, n° 2-3, 1993.

Table

Le Livre de Poche s'engage pour l'environnement en réduisant l'empreinte carbone de ses livres. Celle de cet exemplaire est de :
350 g éq. CO_2
Rendez-vous sur www.livredepoche-durable.fr

PAPIER À BASE DE FIBRES CERTIFIÉES

Achevé d'imprimer en janvier 2015 en France par
CPI – Bussière
Saint-Amand-Montrond (Cher)
N° d'impression : 2013917
Dépôt légal 1re publication : juin 2004
Édition 04 - janvier 2015
Librairie Générale Française - 31, rue de Fleurus – 75278 Paris Cedex 06

30/0331/6